KB044058

환갑 막내딸이 쓰는
구순 엄마 이야기

환갑 막내딸이 쓰는
구순 엄마 이야기

이수금, 정경숙 지음

21세기
여성 독립출판사

write yourself

| 목차 |

들어가며

어머니의 구술을 바탕으로 그녀의 삶을 글로 쓰기 시작했다. 어머니의 구순을 맞아 온 가족이 모인 곳에서 내가 공약한 것은 '엄마의 구순의 삶'을 기록하는 것이었다. 엄마의 삶을 온전히 복원하여 기록하기란 쉽지 않다. 구술이 그 사람의 전부를 이야기하는 것도 아니다. 세월이 흘러 그 빛이 바래면 기억도 바랜다. 빛바랜 기억을 이전의 상태로 돌리는 것은 불가능하다. 바랜 채로 채색을 하고 덧칠을 하는 것, 그것 자체만으로도 의미가 있다고 생각했다. 빨간색을 검은색으로 칠한 것이 아니기 때문에.

90년의 기억은 90만 개가 넘는 퍼즐 조각처럼 다양할 것이다. 온전한 퍼즐도 있고, 살짝 찢기거나 문드러진 퍼즐, 불에 타거나 물에 씻겨 나간 퍼즐, 퍼즐로 생성할 수 없는 무(無) 상태의 것들도 존재할 것이다. 모든 퍼즐을 가진 것이 아니기에, 퍼즐을 판 속에 흩어 놓고 맞추는 작업은 처음부터 불가능했다. 구순의 인생 속에서 그녀가 기억하는 몇 개를 찾아내어 유의미하게 만드는 것이 나의 목적이다.

자식들이 태어나기 전 엄마의 삶에 대한 이야기는 내가 잊고 있는 줄 알았던 기억들을 끄집어내었다. 외할머니에 대한 아련한 기억과 죽음 그리고 조문, 하동 외갓집과 진주 외갓집에서 사촌들과 놀았던 추억들이 떠올랐다. 글을 쓰지 않았으면 묻혔을 사건.

처음에는 글을 빨리 쓰리라 생각했다. 하지만 현존하고 계신 엄마의 삶을 내 기억만으로는 쓸 수 없었다. 그녀의 기억이 가장 중요했기에 만나고 이야기를 나누었다. 하지만 무슨 말을 어떤 순서로 해야 할지 난감했다. 엄마의 삶에 대한 진실을 나는 모른다. 엄마의 삶을 보여줄 수 있는 이상적인 순서가 존재하기라도 하는 것처럼 단어를 고르고 그것들을 어떻게 배열할지 궁리하느라 많은 시간을 보냈다. 엄마가 겪었던 사건들의 중요성을 내 뜻대로 재단하여 무슨 역사소설을 쓰는 것처럼 기록을 검색하고 또 검색한다. 글을 쓰고 있는 나는 이런 행위 외에 그

어떤 것도 중요하지 않게 느껴진다.

 지금부터 엄마와 우리 6남매가 살았던 곳과 삶에 대한 이야기를 쓰려고 한다. 이것도 순전히 엄마의 구술과 내 의식의 흐름을 따라서 이루어질 것이다.

엄마의 구순을 맞이한

2024년 봄

정경숙

1. 구순 잔치가 열리다

엄마의 구순 잔치가 열렸다. 제석봉 아래 고즈넉한 시골 마당에 4대가 모였다. 기역자형으로 지어진 이 집은 셋째 언니의 시부모님이 살았던 곳이다. 방 두 칸과 현대식 싱크대가 달린 부엌이 있다. 아래채는 시멘트로 지은 직사각형의 건물로, 빛바랜 슬레이트 지붕 아래 공간을 사람들이 편리하게 이용할 수 있도록 몇 개의 칸으로 나누어 놓았다. 어떤 칸에는 낫, 호미, 곡괭이 등 농사에 필요한 도구들이 가지런히 줄 서 있고, 또 어떤 칸에는 고추 말리는 건조기 등이 있는데, 먼지 하나 없이 깔끔하다. 이곳에 살았던 사돈어른들의 부지런함과 깔끔함을 고스란히 느

낄 수 있는 집이다.

 담벼락을 돌아 집 뒤에 서면 네다섯 채의 집이 옹기종기 모여 있는 마을이 눈에 들어온다. 제법 높은 언덕이 마을을 감싸고 있다. 집과 집 사이에 논과 밭이 흐른다. 논 옆으로 웅덩이가 패어 있다. 논과 논 사이로 한 사람이 지나갈 수 있는 외길이 이어진다. 파란 슬레이트 지붕이 보인다. 우리가 살았던 옛집이다. 엄마가 거제도에서 처음으로 구입한 집이다. 엄마와 육 남매의 30여 년의 삶과 추억이 담긴 곳이다. 이 집으로 이사 온 것은 내가 6살 때였다. 수줍음이 많았던 나는 아이들과 어울리기보다 봉창에 구멍을 내어 바깥을 내다보는 것을 좋아했다. 그때의 낯섦과 두려움이란. 낯선 화장실에 적응이 되지 않아 10여 분을 걸어서 이전 집 화장실을 며칠간 드나들었다. 동네 아이들이 삽짝(사립문)으로 집 안을 들여다볼 때의 호기심 어린 눈망울과 그 눈망울에 비친 두려움에 떨던 나의 눈동자가 기억난다.

 텃밭 감나무는 여름날의 휴식처였고, 나무에 열린 열매는 허기진 배를 채워준 가을날의 간식이었다.

웅덩이 곁의 꼬불꼬불한 논길은 하루에 몇십 번도 뛰어다녔던 심부름 길이었다. 막내라는 이유로 가족들의 심부름꾼이었던 나는 100번 셀 때까지 물건을 사 오라고 명령하는 오빠의 재촉에 죽을힘을 다해 뛰었고, 집이 보이는 논길에 들어설 즈음 오빠는 항상 98번을 세고 있었다. 먼 곳에서 98번을 외치는 오빠의 목소리를 위안 삼아 숨을 헐떡거리며 99 반의반쯤 집에 도착했다. 그렇게 매번 오빠에게 속았다.

가로등이 없던 마을은 밤이 되면 칠흑 같은 어두움이 내려앉았다. 옛집을 보며 생각이 잠긴 지금, 어릴 때 다녔던 논밭 길 위로 갑자기 밤길의 무서움이 내려앉는다. 무서움에 사로잡혀 밤길을 헤매고 있는데 먼 곳에서 '괜찮다 경숙아' 하는 엄마의 목소리가 들리는 듯하다. 꼬불꼬불한 산길을 걸어 젊은 날의 엄마가 나뭇단을 이고 내려온다. 파릇파릇한 새싹들이 넘실거리는 언덕을 따라 엄마가 고구마를 담은 빨간 고무대야를 이고 성큼성큼 다가온다. 양동이에 넘칠 듯이 물을 길어 머리에 이고 가쁜 숨을 몰아쉬며 곡

예를 한다. 큼직한 눈깔사탕을 쥐여주는 엄마의 거친 손과 그 속에 숨겨진 사랑이 세월의 흐름 속에서도 아스라이 떠오른다. 화들짝 놀라 정신을 차리면 곳에서 '괜찮다 경숙아' 하는 엄마의 목소리가 들리는 듯하다.

엷은 구름이 파란 하늘과 어우러져 있다. 직사각형으로 된 마당 한쪽에는 달맞이꽃을 비롯하여 다양한 봄꽃들이 피어 있고 다육이들이 군데군데 놓여 있다. 꽃들도 엄마의 구순을 축하하는 듯했다. 각자가 뽐내며 사랑받으려는 듯이 얼굴을 내민다. 자연적인 공간이다. 자연에 의지하며 살았던 엄마의 삶과 가장 잘 어울리는 장소. 엄마의 삶이 결국 자연이었다는 것을 보여주는 상징적인 장소다.

아버지는 55년 전에 저세상으로 가셨다. 엄마는 아들 둘과 딸 다섯을 낳으셨지만, 아들 하나는 백일을 넘기지 못하고 잃었다. 36살에 홀로되어 6남매를 키우셨다. 엄마와 6남매, 증손까지 합하면 40명이 넘는 대가족이 되었다.

10여 년 전, 팔순 잔치 때는 가족들이 감사의 마음을 담아 축하 동영상을 만들고, 관광버스를 대절하여 1박 2일 가족여행을 다녀왔다. 관광버스에서 축하연을 펼쳤다. 엄마의 노랫가락에 따라 딸과 사위들은 노래를 겸비한 막춤공연, 손주들은 장기자랑을 펼치며 행복한 시간을 보냈다.

10년의 세월은 순식간에 사라졌다. 자식들의 이마에도 고랑이 생겼다. 손주들도 배우자를 만나 속속결혼했다. 엄마의 허리도 점점 구부러져 꼬부랑 할머니가 되었고, 하얀 눈이 머리에 내려앉았다. 가늘어진 다리와 깊어진 이마, 쉬엄쉬엄 걷는 걸음걸이는 세월의 흐름을 그려준다. 짱짱한 목소리와 기억력, 자손들에 대한 무한한 사랑, 부지런함, 수확물을 나누어주는 마음은 세월이 갈수록 더 단단해졌다. 이제 엄마는 구순이 되었다.

음식이 마당을 채우고 각양각색의 풍선들이 빨랫줄에 걸려 자유롭게 춤을 추고 있다. 풍선 하나하나가 엄마가 살아온 인생을 담은 듯하다. 인생을 담은 풍선은 자손들에 의해 하나씩 터트려졌다. 풍선이 사라질 때마다 자식들은 감사를 표했다. 큰절을 하고 엄마를 업고 마당을 한 바퀴 돈다. 용돈을 받기도 하고 춤추고 노래도 부른다. 과거의 사진을 보며 추억을 되새긴다. 울음으로 보답하기도 한다. 함께 울고 웃으며 잔치가 끝나갔고 가족들은 아쉬움을 달래며 사진을 찍었다. 구순 잔치가 끝이 났다. 백순 잔치는 어떻게 할지 궁금하다. 엄마는 구순을 넘기면 덤으로 사는 인생이라고 말하셨다.

　내가 태어나고 5개월 후 아버지가 돌아가셨다. 나는 아버지에 대한 기억이 없다. 추억이 없으니 상실감도 없다. 나에게 아버지는 누군가에 의해 전해지는 허상이자 막연한 상상 속의 사람, 동경의 대상일 뿐이다. 36살에 홀로되신 어머니. 그 시절 가난한 여자에게 남편이 없다는 것, 가난한 아이들에게 아버지가 없다는 것은 깊은 암연의 세계를 의미한다. 그 길은 깊이를 가늠하기 힘든 상실감과 어깨에 짊어진

수많은 짐들을 무작정 짊어지고 가야 하는 길이다. 그 길을 어머니는 그냥 걸으셨다. 생각할 겨를이 없었다. 삶을 감당하는 것조차 버거웠기에.

 나에게 어머니는 항상 거기 있는 사람이었다. 어디론가 떠날까 봐 걱정할 필요가 없는 사람이었다. 오래전부터 어머니에 대한 이야기를 쓰고 싶었다. 하지만 어떻게 써야 할지 난감했다. 내가 그녀의 이야기를 쓴다는 것은 부담스러울 수밖에 없다. 그녀가 아니기 때문이다. 어떻게 기술하느냐에 따라 그녀의 삶은 완전히 다른 것이 된다. 그녀의 삶에 누가 될 수 있다. 하지만 쓰기로 결심했다. 엄마는 '내 인생을 책으로 쓰면 수십 권이 될 것'이라고 항상 말했다. 그 말은 자신의 삶을 세상에 남기고 싶은 욕망으로 읽혔다. 그래서 엄마의 바람을 이루어 드리고 싶었다. 수십 권은 쓰지 못할지라도 한 권이라도 쓰자.
 이 글은 한국 근현대사에서 평범한 백성이자 여성으로, 엄마로서 살았던 사람의 이야기다. 그녀에 대해 내가 아는 것이 많을 수도 있고 그렇지 않을 수

도 있다. 사람마다 각기 다른 이야깃거리가 있을 것
이다. 엄마의 기억을 더듬고 많은 이야기를 나누며
엄마의 입장에서 쓰기 위해 최대한 노력했다. 부모
의 삶에 대한 글은 보통 그들이 세상을 떠난 이후 글
쓴이의 시선과 입장에서 쓰인다. 작가의 기억과 상
상력에 의존할 수밖에 없는 것이다. 하지만 나는 어
머니가 살아계시기에 그녀의 이야기를 통해 그녀의
역사와 삶을 좀 더 풍부하게 담아낼 수 있었다. 물론
내 기억도 보탰다.

2. 만주에 밥 먹으러 갔다

　어머니는 경상남도 하동 우복마을에서 태어나셨다. 세월이 흘러서 기억이 정확하지는 않지만, 몇 번의 기억의 되새김 끝에 고향을 기억해 냈다. 하동은 전라도와 경상도의 접점인 섬진강 동쪽에 자리하고 있으며, 두 지역의 중간에 끼어 있어 양쪽의 문화를 공유하는 상업과 경제의 중심지이기도 했다. 일제 강점기에는 지주들이 장악한 농업 지역이었고, 지형적인 특징으로 인해 어업 종사자도 있었다. 박경리 작가의 장편소설 "토지"의 배경으로도 유명한 곳이다. 화개장터는 남해안의 수산물과 소금, 비옥한 호남평

야의 여러 곡식들이 모여드는 곳이다. 하동 포구의 수로를 통해 다양한 생산물들이 유통되어 해방 전까지 전국적으로 손꼽히는 시장이었다. 우복마을을 감싸고 흐르는 강에는 나루터가 있어 화개장터나 하동 읍내를 오갈 때 이용했다고 한다.

우복마을은 산으로 둘러싸이고 아래쪽으로는 논밭이 펼쳐진 곳이었다. 농사꾼의 아들이었던 외할아버지가 살던 동네에 외할머니가 시집오면서 이곳에 정착했다. 살림집은 논밭이 내려다보이는 곳에 볏짚으로 이엉을 이은 초가집이었다. 방 한두 칸과 부엌, 담을 치지 않는 황토로 지은 집. 나의 어머니는 이곳에서 1934년 2남 1녀 중 둘째로 태어났다.

어머니는 어린 나이에 동생을 돌봐야 했고, 집 마당을 쓸고, 설거지와 길쌈 등 집안일을 해야 했다. 돈도 없고 밭도 없고 논도 없다 보니 집안 살림을 일으키는 살림 밑천으로서 딸의 역할을 할 수밖에 없었다. 외할머니는 아이를 많이 낳았으나 태어난 후, 혹은 백일이나 돌이 되기 전에 모두 죽고 3남매가 살아남았다. 하지만 오빠는 6.25 때 군인으로 참전했다가 전쟁이 끝날 무렵 숲속에서 지뢰를 밟아 전사했다. 남동생은 가족들이 먹고살기 위해 이주한 만주에서 이질에 걸려 세상을 떠나고야 말았다. 살려고 갔던 길이 결국 죽음의 길이 되었다. 어머니는 집안에서 유일하게 살아남은 자식이 되었다.

외할아버지와 외할머니가 살았던 동네는 합천이씨 집성촌으로 주변 마을에 친척들이 살았다. 역사적으로 오래된 집성촌으로, 조상은 같으나 제사나 시제 등 조상을 모시는 의식을 따로 하는 집안은 3개로 나뉘어 있었다.

외할아버지는 농사짓는 것보다 책을 더 좋아하셨다. 1800년대 후반생이니 시골 마을에서 서당에 다니면서 글을 배웠을 것이다. 부모님이 똑똑한 아들에 대한 기대도 했을 것이며, 소박하나마 서당 훈장을 꿈꿨을 수도 있고, 신문물이 들어오면서 신식학교에서 신문물을 배우고자 하는 갈망과 독립운동에 대한 열망도 있었을 것이다. 하지만 집안이 가난했던 탓에 꿈은 좌절되었고 그저 필부(匹夫)로 살 수밖에 없었을 것이다. 엄마가 기억하는 외할아버지는 방에서 조용히 하루 종일 책을 들여다보고 있는 모습이다. 그 시대 농촌의 남자들이 해야 하는 일, 가령 농사짓는 일, 짚신 삼는 일, 땔감 마련을 위해 나무하는 일, 동네 남자들과 어울려 주막에서 술 마시는 일 등을 하지 않았다. 오로지 방에서 책만 보고 있으니 자연히 동네 사람들의 입방아에 오르내리기도 했다. 책만 보고 있으면 밥이 나오나 쌀이 나오나, 자식과 마누라 고생시킨다는 말을 엄마와 외할머니는 수시로 들어야 했다.

외할아버지의 이런 생활 방식은 외할머니를 억척스러운 일꾼으로 만들었다. 가족의 생계를 책임지는 것은 그녀의 몫이 되었다. 부지런했다. 원래부터 부지런했는지 살아남기 위해 부지런해졌는지 알 수 없다. 얼굴도 예쁘고 키도 컸다. 손재주가 있고 깔끔했다. 농사짓고 목화를 심어 길쌈도 했다. 바느질 솜씨도 좋았다. 돈을 아끼기 위해 산 넘고 물 건너 몇십 리를 걸어 손수 만든 옷과 직접 키운 농작물들을 장에 내다 팔았다. 손끝이 야무진 탓에 동네 부잣집 바느질도 도맡아 했다. 그녀는 살림을 알뜰하게 살았다. 최소한의 곡식으로 가족들을 먹이고 입혔고, 가족들에게 더럽지 않은 옷을 입히기 위해 추운 겨울 도랑에서 얼음을 깨고 언 손을 녹이며 빨래를 했다.

이런 개인의 억척스러운 삶도 시대의 흐름 앞에 무릎을 꿇어야 했다. 1939년, 엄마가 6살 때 엄마네 가족은 만주로 이주한다. 일제 강점기가 저물어 갈 무렵이었다. 일제는 대륙 침략을 위해 병사들의 식량을 조달하고 늘어나는 자국민들을 먹여 살리기 위해 부족한 자원을 마련해야 했다. 식민지였던 조선은 그들이 쌀을 수탈하기에 안성맞춤이었다. 일본의 탐욕은 외할머니가 살고 있는 동네까지 침범했다. 쌀 생산량을 늘리고자 조상 대대로 심었던 씨앗들의 종자를 강제로 바꾸고 개량종으로 농사를 짓게 했다, 하지만 수확량은 이전과 별 차이가 없었다. 벼를 수확하는 가을 들녘은 수확의 기쁨으로 분주했으나 그 기쁨도 잠시였다. 이런저런 명목으로 관에서는 농민들에게 많은 쌀을 요구했고 순순히 응하지 않으면 강제로 빼앗기도 했다. 배보다 배꼽이 더 컸다.

이에 더해 지주에게 내는 소작료, 국가에 내는 토지세, 주세, 연초세의 세율이 높아지면서 세월이 갈수록 살기가 더 어려워졌다. 악착같이 농사를 지어도 초근목피로 연명하는 삶이 계속되었다. 보릿고개도 넘기기가 힘들어지자, 동네 사람들은 착취당하지 않기 위해 산속으로 들어가서 화전민이 되었고 또 다른 사람들은 만주로 이주했다. 엄마네 집도 마찬가지였다. 땅 한 뙈기 없이 소작농으로 살고 있던 외갓집 식구들은 '만주로 가면 돈도 많이 벌고 배 안 곯고 잘 살 수 있다'는 막연한 희망으로 만주에 이주했다.

"만주에 밥 먹으러 갔다. 부지런하면 만주 가서 밥은 먹었다. 돈은 못 벌어도…. 들이 넓어서…. 만주에서도 조선 아이들과 놀고 그랬지. 돌아오고 나서 그다음 해에 해방됐다. 한국 사람들 만주에 엄청 많았다. 먹고 살려고…."

언제 돌아올지 기약할 수 없는 마음으로 고향을 등지는 가족들의 심정은 감히 상상이 되지 않는다. 물

설고 땅 설고 사람까지 선 곳에 가는 설움은 이루 말할 수 없었을 것이다. 기차를 타고, 마차를 타고 압록강을 건너 기나긴 여정 끝에 만주에 도착했다. 엄마 가족이 살았던 만주 지역은(북만주인지 남만주인지는 정확히 기억하지 못하심) 땅이 엄청 넓었다. 넓은 평원에 쌀, 옥수수, 조, 감자 농사를 지었다. 하지만 고르지 않은 날씨 탓에 농사는 잘되지 않았다. 산 설고 물선 곳 와서 입은 거 없이 추위에 떨면서 맨소금을 먹으면서 살았다. 각박하고 척박한 땅 위에서 겨우겨우 연명해 가는 삶이었다. 조선에서의 삶보다 더 비참했다. 희망이 절망이 되었다.

 엄마 가족은 여름이나 비가 오면 습기가 눅눅하게 풍겨 오는 움막에서 살았다. 빈한한 마을이었다. 이역만리 남의 땅에서 버틸 수 있었던 건 조선 사람들이 마을 공동체를 이루며 이웃으로 살고 있었기 때문이었다. 5일장이 서기도 했다. 장이 열리는 거리도 제법 넓었고 벽돌로 지은 점포들도 있었다. 엄마에게는 신기한 거리였다. 국밥집도 있고 조선 사람들이 애용하는 생활필수품을 파는 가게인 포목전, 농

기구 가게, 그릇 가게, 곡물상, 고깃간 등이 있었다.
경상도 사람들이 많이 살고 있어서 타지라는 느낌이
크게 들지 않았다.

엄마는 어린 나이에도 부모님이 일하러 나가면 동
생을 돌보았다. 동네에 또래 친구들도 여럿 있어서
같이 놀기도 했다. 엄마는 만주에 '밥' 먹으러 갔다
고 했다. 실제로 외할머니가 부지런해서 밥은 굶지
않았다고 했다. 하지만 만주의 겨울은 추웠다. 겨울
에는 눈도 많이 왔고 바람도 많이 불었다. 5월까지
이어지는 추위와 서리, 비위생적인 환경은 사람들
을 극한 상황으로 몰고 갔다. 특히 아이들은 이런 환
경에 취약할 수밖에 없었고 병에 걸려 많이 죽었다.
엄마 동생도 마찬가지였다. 부모님과 오빠가 일하러
나가면 함께 지냈던 친구 같은 동생이 이질에 걸린
것이다. 열이 심하게 나고 설사도 많이 하면서 며칠
을 앓더니 죽었다. 동생을 그곳에 묻어야 했다. 죽음
에 대한 의미를 어렴풋이나마 알아가던 시기에 소녀
의 마음은 어땠을까? 깊은 상실감과 그리움, 사라진
동생이 혹시라도 돌아오지 않을까 싶은 희망에 매일

창문 밖을 보면서 울었다. 마음속으로 끙끙 앓았다. 너무 간절히 보고 싶고 그리워서 동생이 옆에 있다는 착각 속에서 동생과 함께 걷던 길을 걸으며 동생이 살아 돌아오기를 희망했다. 태어나서 처음 겪은 상실감이었다.

그리고 얼마 지나지 않아 또 다른 비극이 가족을 덮친다. 설상가상으로 외할아버지가 이질에 걸린 것이다. 타지에서 죽을 수 없다는 생각 때문이었는지 가족들은 급히 귀향을 서둘러 해방되기 직전에 고향으로 돌아왔다. 고향으로 돌아왔지만 병환은 차도가 없었다. 외할아버지는 며칠을 버티다가 큰형님 집에서 세상을 떠났다. 만주에 간 지 5년 만의 일이었다. 엄마 나이 11살 때였다.

"어렸을 때, 여섯 살 때 만주에 갔다. 외할아버지, 외삼촌, 남동생 이래 갔다. 남동생은 만주에서 죽었다. 설사를 하더만 죽더라. 죽고 나서 살아오는가 싶어서 매일 창문 밖으로 혼자서 내다보고 있었다. 만주에서 살다가 5년

후 하동으로 왔다. 외할아버지 외할머니 고향은 하동 사
덕 골띠기였다. 빈털터리로 한국에 와서 고생고생하고….
만주는 못 먹고 살아서 갔다. 만주에서 농사를 지었다.
왜 왔는지 모르겠다. 외할아버지가 병이 나서 앓다가 큰
집에서 죽었다. 만주에 묻어 놨다. 내 동생(7살)."

가족의 비극은 이것으로 끝나지 않고 다시 찾아왔
다. 아들이 하나밖에 없었던 집에서 외삼촌은 집안
의 대들보로 귀한 대접을 받았다. 하지만 6.25 전쟁
이 나면서 징집 대상이 되었다. 처음에는 외삼촌을
군대에 보내지 않기 위해 집 안에 숨겼다. 더는 집에
숨길 수 없는 상황이 되자, 사람들이 알지 못하는 곳
으로 피신시켰다. 그러나 결국 잡혀 강제로 군에 입
대했다. 외삼촌은 전쟁이 끝날 무렵인 1953년 숲속
에서 지뢰를 밟아 전사했다. 엄마는 전쟁 영화나 드
라마를 볼 때면 외삼촌을 떠올렸다. 그의 위패는 외
할머니가 돌아가신 뒤 엄마가 다니는 거제도의 한
절에 모셨다. 엄마는 살아생전에 외롭고 불쌍했던

오빠를 돌보겠다고 했다. 혼령이나마 편안하게 해야 한다고…. 푸른 물결이 자유롭게 춤추는 사방이 확 트인 어촌 마을의 사찰에 외삼촌의 위패가 안치되어 있다. 백중날이나 사월 초파일이 되면 엄마는 매년 오빠를 만나러 간다. 구순이 된 지금도 마찬가지다. 경사가 급한 언덕길을 반은 구부러진 허리로 지팡이에 의지해 꾸역꾸역 한 걸음씩 걸어 올라간다. 짧은 생을 살다 간 오빠가 저세상에 가서라도 행복하게 살기를 바라는 간절한 마음을 몸과 마음에 싣는 것은 아닐는지.

3. 외할머니의 재혼

외할아버지가 돌아가신 후 외할머니는 6.25 전쟁 전에 재혼하셨다. 그 시절에 여자가 아이들을 데리고 결혼하는 일은 여러 가지 어려움이 많았다. 여자는 죽은 남편을 위해 수절하거나 자식들을 위해 살아야 한다는 관념이 있었기에 비난을 감수해야 했다. 자기가 낳은 아이들은 재혼하는 집에 데리고 갈 수 없었고, 데리고 간다고 하더라도 설움과 수모를 겪어야 했다. 그래서 보통 자식들은 친척 집을 전전하는 떠돌이가 되어야 했다.

"내는 엄마가 재혼하는 집에 안 가고 우리 이모 집에 있다가 열세 살 때 갔다. 너그 외삼촌은 하동에 있었지. 아들이니까…."

재혼한 집도 살림이 넉넉하지 않았다. 엄마는 외할머니가 재혼하고 1년 후쯤 그 집으로 들어갔다. 그때가 13살이었다. 동생을 돌보고 삼베를 짜고 집안일도 하고 농사도 지어야 했다. 새아버지와 그 집 사람들에게 미운털 박히지 않기 위해 사력을 다했을 엄마의 마음은 오죽했을까? 외할머니와 함께 살게 된 것만도 엄마에게는 그나마 다행이었으리라.

외할머니는 아들을 많이 낳았다. 물론 다 죽었지만. 아들을 많이 낳았으니 아들을 잘 낳는 여자라는 소문이 났을 것이다. 그녀가 재혼한 집도 딸만 있었다. 외할머니는 그 집 대를 잇기 위해 들어간 것이었다. 아들이 가문의 대를 이어야 한다는 의식이 강했던 시절이었으니 외할머니도 당연하게 생각했을 것이다. 또한 가난한 농사꾼의 집안에서 남편 없이 아이들을 키운다는 것은 처절한 가난과 동네 사람들의 멸시와 수모를 각오해야 하는 일이었기에 어쩔 수 없이 선택해야 하는 길이기도 했을 것이다.

외할머니가 재혼한 나의 두 번째 외갓집은 진주 문산이다. '문산배'로 유명한 고장이다. 남해고속도로를 타고 가다 문산IC에서 내리면 차로 5분도 걸리지 않는다. 어릴 때 배 타고 버스 타고 엄마 따라 몇 번 간 기억이 있다. 엄마 손을 잡고 문산 고개 위에 올라서면 벼들이 넘실거리는 넓은 평야가 펼쳐졌다. 내 기억으로 문산 외가는 살림이 넉넉했다. 외숙모가 흰쌀밥도 주고 외할머니가 용돈도 쥐여주었다. 인자하게 웃으시던 외할머니의 모습이 아직도 가슴 속에 남아 있다.

가난한 집에 시집가서 외할머니가 살림을 일으켰다고 한다. 6.25 전쟁 때 죽은 외삼촌이 국가유공자가 되면서 보상금이 많이 나왔다. 외할머니는 아들의 목숨값으로 외할아버지 명의로 땅도 사고 논도 샀다.

"외삼촌이 6.25 때 돌아가서 국가에서 돈이 많이 나왔거든. 그 돈으로 논 사고, 밭 사고 했다. 그 이후 형편이 많이 나아졌다. 외삼촌 연금으로 했다. 그 집에 좋은 일 다 시켰지…. 엄마가 낳은 강씨 그 집 동생만 좋을 일 다 시켰지."

성씨가 다른 집안에 시집간 여자가 다른 성씨를 가진 아들의 제사를 지낸다는 것은 용납되기 어려운 시절이었다. 아들의 목숨값으로 집안을 일으켰건만 떳떳하지 못했다. 외할머니는 헛간에 몰래 숨어서 외삼촌 제사를 지내야 했다. 아들 기일에 제대로 된 제사상도 차리지 못하고 눈치 보면서 제사를 지냈던 그녀는 간장이 찢겨 나가는 것 같은 서러운 마음이었을 것이다. 외로웠을 것이다. 그리웠을 것이다.

재혼해서 낳은 아들은 공부도 열심히 하고 영리했다. 부산시청 공무원이 됐다. 외할머니는 아들밖에 모르는 아들 바보였다. 두 아들을 잃고 얻은 아들이다 보니 더 애착이 갔을 것이다. 재혼해서 얻은 아들도 젊은 시절 폐병에 걸렸다. 그 시절은 소설의 주인공들이 폐결핵을 앓다가 죽는 내용이 주된 줄거리일 정도로 폐병은 흔하고 무서운 병이었다. 불치병이라고 할 정도였지만 단백질이 많이 함유된 고기로, 조금씩 발달한 의학 기술로 생명은 근근이 유지할 수 있었다. 끝내는 폐를 싸고 있는 갈비뼈를 자르기도 했다. 몇 번의 재발과 수술로 인해 재산을 거의 탕진했다.

이처럼 아들에게는 애착을 가진 다정다감한 외할머니였지만 딸에게는 무심했다고 한다. 엄마는 외할머니가 욕심도 많고 딸에게는 인색했고, 액운이 많다고 했다. 하지만 내가 생각하는 외할머니는 엄마의 생각과는 결이 다르다. 외할머니 하면 '쑥떡'이 생각난다. 매년 5월이 되면 한복을 입고 하얀 고무신을 신고 파랗고 둥그런 통에 쑥떡을 한가득 담아 오셨다. 그래서 매년 봄이 되면 할머니를 기다렸다. 먼 곳에서 보아도 외할머니라는 걸 알 수 있었다. 큰 키에 머리에 비녀를 꽂고 이마를 훤히 드러낸 모습. 잘

생긴 외모로 얼굴에 광채가 났다. 친구들과 놀다가도 부둣가에 배가 오면 먼 곳으로 시선이 고정되기도 했고, 신작로와 집 틈새로 이어진 길들을 무심결에 쳐다보기도 했다. 어김없이 그 모습으로 우리를 찾아왔던 할머니.

우리 집을 방문하는 친척은 외할머니가 유일했다. 말씀은 하지 않으셨지만 혼자 사는 딸이 자식들과 잘 살고 있는지를 확인하기 위해 "쑥떡"을 빌려 오신 것은 아닌지? 쑥떡은 손자·손녀들에 대한 사랑의 표현이자 딸의 안부를 확인하는 상징 같은 것이었다. 파란 통에서 김이 모락모락 나는 뜨거운 쑥떡을 꺼내주시던 할머니의 손이 그립다. 5월에 오시던 외할머니가 정월 대보름에 한 번 오신 적이 있다. 그때 집 뒤 언덕에 서서 달에게 두 손 모아 간절히 기도하셨다. 딸과 손자·손녀들이 무탈하게 세상 살기를 바라는 마음을 담았을 것이다. 외할머니는 90세에 세상과 작별하셨다.

4. '사람좋다'는 말에
딱 한 번 보고 결혼하다

 그 시절 여자에게 결혼이란 어떤 의미였을까? 삶을
위한 선택일까? 나락으로 떨어지는 길이었을까? 아
니면 둘이 되어 쉽게 궁지에서 벗어날 수 있다는 희
망이었을까? 자신이 행복해지려면 '나를 행복하게 해
줄' 남자를 알아볼 수 있어야 한다. 하지만 알아볼 수
있을까? 알아보는 것만으로 결혼이 가능할까? 자신
이 선택할 수 있는 범위는 어느 정도일까? 주변 환경
이나 시대가 여자에게 이런 선택권을 주었을까? 지금
도 마찬가지지만 그때 여성들의 결혼은 자신의 모든
삶을 단 한 번에 걸어야 하는 도박은 아니었을까?

엄마에게 결혼에 대한 선택권은 없었다. 재혼한 외할머니를 따라 들어간 집은 이전의 집이 아니었다. 아버지라 불리는 낯선 남자와 언니라 불리는 낯선 여자아이들이 있었다. 자연히 눈치를 볼 수밖에 없었다. 그 집도 소작농이었다. 외할머니가 시집간 집에 바로 들어갈 수 없어 이모 집을 전전하다 들어갔지만 눈치를 온몸에 달고 살아야 했다. 외할머니가 재혼한 지 얼마 되지 않아 남동생이 태어났다. 외할머니가 농사일과 집안일로 너무 바빴기에 엄마는 어린 나이에 남동생을 보살피고, 모내기도 하고 타작도 했다. 버림받지 않으려면 밥값이라도 해야 했다.

구박데기로 살다가 1949년 16살 때 13살이나 많은 아버지와 결혼했다. 그때는 16살에 결혼을 많이 했다. 엄마는 꿈 많았던 나이에 너무 이른 결혼을 한 것을 아쉬워했다. 꿈 많던 소녀 시절에는 결혼에 대한 환상과 동경도 있었을 것이다. 연애를 하고 싶은 욕망도 있지 않았을까? 하지만 연애도 연애결혼도 흔하지 않은 시절이었다. 딸들은 집안일을 돕다가 적당한 나이가 되면 부모가 정해주는 사람과 결혼해야 했다. 선택권이란 없었다. 동성동본 결혼이 엄격히 금지된 상황에서 집성촌 내에서의 결혼은 불가했고, 동네의 평판에 기반한 알음알음의 중매가 흔하던 시절이었다. 중매는 외할머니가 재혼한 집의 딸로, 아버지 동네에 시집가면서 이웃이 된 분이었다. '사람 좋다'는 말 한마디에 아버지를 딱 한 번 보고 결혼했다고 한다. 외할머니는 딸에게 설움을 더 이상 주지 않고 싶은 마음도 있었겠지만, 한편으로는 '치워 버리고' 싶은 마음도 있었을 것이다. 엄마는 '떠밀리듯이' 결혼했다. 결혼하고 보니 아버지는 29살이었다. '어리숙해서' 결혼했다고, 원망도 많이 했다. 하지만 아버지가 '심덕은 좋았다'라고 했다. 고생한 세월에 대해 엄마는 '내 팔자 아이가'라며 체념하셨다. 풍파 속을 헤쳐 나온 인생의 경륜이 묻어나는 표정이었다.

"중신쟁이가 외할머니 재혼한 집의 딸이었다. 총각 하나 야무지고 심덕도 좋다고 저그들끼리 속닥속닥 해가지고 나이도 네 살이나 속이고 결혼했다. 그래 내가 원망을 얼마나 했는고…. 총각이 야무지다고 해도 아이더라. 술도 마시고 노름도 하고….”

엄마는 ‘내가 속았다’라는 표현을 쓰셨다. 중매쟁이가 아버지 나이를 속였고 이를 모른 채 엄마는 결혼했다. 결혼하고 나서 아버지 나이를 알게 되었다. 아버지가 엄마를 속인 것도 아닌데 엄마는 아버지가 너무 미웠다. 90세가 된 지금도 그것이 한이 되어 경로당에 가면 이웃들에게 아버지의 나이를 ‘부끄러워서’, ‘절대 말하지 않는다’고 하셨다. 아버지와의 나이 차이가 엄마의 가슴속에는 아직도 풀리지 않는 응어리로 남아 있다. 애정 없이 한 결혼이었기에 어쩌면 엄마에게 나이는 결혼의 중요한 조건이었는지 모른다. 아버지가 좀 더 경제력이 있고 엄마를 고생시키지 않았다면 그냥 넘길 수도 있었을 것이다. 아버지에 대한 많은 원망을 나이 차이로 정리하면서 자신을 위로하고자 하는 엄마의 마음은 아니었을까?

두 사람은 1949년 겨울에 결혼했다.

 결혼사진은 없다. 시골 마당에서 간단하게 전통 혼
례를 올렸다. 엄마가 의식을 매개로 많은 사람들 앞
에 오롯이 자신을 드러내는 것은 처음이었다. 이후
아들과 딸 결혼식이 그녀가 공식적인 행사 무대에
올라선 유일한 것이었다. 수확을 끝낸 한가로운 시
골 마을과 넓게 펼쳐진 황량한 들판 위로 겨울의 한
기와 온기가 교차한다. 연지곤지를 찍고 원삼에 족
두리를 쓴 이팔청춘의 앳된 엄마와 사모관대를 한
29살 시골 노총각의 결혼식이 떠오른다. 결혼 못 한
노총각이 어린 소녀와 혼례를 올린다는 소식은 시골
마을에 잔잔한 파도 같은 소문을 뿌렸을 것이다. 농
사가 끝난 계절이라 마을 사람들이 혼례식을 구경하
기 위해 엄마집 앞마당에 모두 모였을 것이다. 생전
처음 많은 사람들 앞에 서보는 신랑과 신부는 긴장
과 함께 새로운 사람을 만나 함께하게 된다는 설렘
이 있었을 것이다. 그들 뒤로 비치는 눈부신 햇살과
짚으로 이은 지붕이 만들어준 그림자는 그들의 미래

를 암시하는 상징 같은 것이었을 것이다. 초례상 앞에서 맞절하며 검은 머리가 파뿌리가 되도록 평생을 같이해야 한다는 언약을 했을 것이다. 신랑과 나눠 마신 술이 엄마가 세상에 태어나서 처음 마셔보는 술이 아니었을까? 한 번 만나고 결혼하게 되었지만 새색시로서 느꼈을 행복과 자부심, 희망도 있었을 것이다.

결혼식을 올린 엄마는 기차를 타고 달구지에 짐을 싣고 시골길을 걸어 시댁에 도착했다. 시부모는 안 계셨다. 시부모가 계시지 않았던 탓에 시집살이보다 무서운 동서살이를 해야 했다. 엄마는 아버지의 형님 집에서 1년을 살았다. 시집 첫인사는 얼굴 한 번 본 적 없는 시어머니를 모신 상막(부모의 무덤을 지키며 삼 년 동안 살았던 움막)에서 이루어졌다. 고종 이후 삼년상이 공식적으로 폐지되었는데, 일제 강점기를 거치면서 없어진 줄 알았던 삼년상을 부모님이 지냈다고 하니 놀라웠다. 신혼이었지만 아버지는 무덤 옆에 짚으로 지은 움막 형태의 초막에서 시묘살이를 했다. 그리고 엄마는 아침저녁으로 상막에 식사를 올리고 절을 했다. 정월 초하루와 보름에는 고기 굽고, 떡을 해 제사를 지냈다…. 엄마가 시집간 곳은 경남 함안의 농촌이었다. 농촌에는 아직 국가의 정책이나 법이 미치지 못했던 것인지, 아니면 조상을 모시고 숭배함으로써 옛 영광을 회복하고 싶었는지, 살아생전 가난해서 제때 끼니를 해결하지 못한 서러운 영혼을 달래주고 싶었는지는 알 수 없는 노릇이다. 엄마는 결혼하고 삼년상을 끝낸 후, 아버지와 분가했다. 같은 동네에 살기는 했지만.

엄마가 시집간 시골 마을에는 전기도 없었다. 신작로도 없어 꾸불꾸불 흙길이었다. 바람이 불면 먼지가 날렸고, 비가 오면 구덩이가 패어 다니기가 힘든 곳이었다. 소달구지를 끌고 장을 보러 다니는 곳이었다. 돈이 될 만한 일거리를 찾기 힘들었다. 그저 입에 풀칠하는 정도였다. 농사가 끝나는 겨울이면 남자들은 땔감거리를 찾아 산에 오르거나 끼리끼리 모여 술을 마시고 화투를 즐겼다. 여자들은 집안일과 길쌈을 했다. 나의 아버지는 농부였다. 심덕이 좋은 사람이었다. 술을 좋아하고 흥이 많고 악기에 재능이 있는 사람이었다. 엄마와 20년을 함께했지만 엄마에게 욕 한 번 하지 않았고 폭력을 행사한 일도 없었다. 그저 술이 좋아서 사람이 좋아서 풍류가 좋아서 놀기 좋아했던 사람이었다. 일명 한량이었다. 엄마는 아버지가 술집이나 상점에서 외상으로 먹은 술값을 갚느라 궂은일을 해야 했다.

아버지는 꽹과리와 장구를 잘 치셨다. 농악놀이대회에서 상쇠를 했고 상도 받았다. 매년 추석이나 설 명절이 되면 시골 마을 농악놀이에서 장구도 치고 꽹과리도 쳤다. 농악놀이는 마을 남자들이 무리를 지어 오색 띠를 어깨에 메거나 고깔모자를 쓰고 꽹과리, 장구, 징, 북 등을 치며 마을을 도는 놀이였다. 매년 음력 정월 초에서 보름경까지는 농악패인 걸꾼들이 농악을 울리며 집집을 돌면서 풍년을 기원하고 악귀를 쫓는다. 우리는 메구쟁이들이 메구를 친다고 했다. 농악꾼들이 메구를 치면 동네 사람들이 쌀, 돈, 술 등을 내놓으며 감사의 뜻을 표현했다. 농경 사회에서는 이 놀이가 한 해의 풍년을 기원하거나 집안의 액운을 쫓는 의식 같은 것이었다. 부잣집에서 큰 행사를 하면 아버지는 행사의 흥을 돋우기도 했다. 전통 민속놀이 관련 학교에 다니거나 이 분야의 명인에게 배운 것도 아니었다. 다만 마을에서 조상 대대로 내려오는 것을 농악꾼들의 흥겨운 소리에 쫓아다니며 어깨너머로 배웠을 것이다. 그런데도 대회 나가서 상도 받았다. 음악적인 감각이 있었던 것이다.

"메구 치면 앞잽이 하고…. 옛날에는 동네 환갑잔치하면 기생을 불렀거든. 기생 부르면 장구 쳐 주러 갔다. 안 배웠다. 없이 살아도 그런 건 잘했다. 재능이 있었다. 마음 심덕도 좋았다."

5. 원자폭탄에서
살아남은 아버지

 아버지 쪽 이야기는 어머니를 통해서만 들을 수 있었다. 아버지 쪽 이야기도 역시 엄마 쪽 이야기와 흡사한 것이 있다. 할아버지와 할머니가 어떻게 결혼하게 되었는지 그 사연은 알 수 없다. 할머니는 창녕 사람이라고 했다. 창녕은 낙동강을 끼고 있어 수자원이 풍부한 곳이다. 낙동강 변을 중심으로 넓은 평야가 형성되어 있다. 넓은 평야에는 소작농도 많고 자기 땅을 소유한 지주들도 많았다. 이곳에서 할머니는 부자로 살았다고 한다. 엄마는 할머니를 몰락한 양반집 딸로 표현했다. 동네 사람들이 할머니에

게 내렸던 평판이나 할머니가 사람들을 대하는 예의
범절, 살림 사는 방식 등을 종합해 보면 '상대가 나
이가 많든 적든 말을 함부로 하지 않았고, 말을 깍듯
이 높였다. 외출 시 한복에 장의를 쓰고 다녔으며 말
씨와 행실이 남달랐다. 글을 읽고 쓸 줄 알았다.' 등
양반 출신임을 추측할 수 있는 근거가 많았다. 하지
만 어떤 연유인지 가난한 할아버지에게 시집오게 되
었다. 할머니의 형제자매들은 뿔뿔이 흩어졌고 그중
일부는 일본으로 건너갔다. 아버지도 할머니 집안에
대해 아는 게 별로 없었다. 할머니는 살림을 야무지
게 사셨다. 바느질 솜씨도 있었고 살림을 모으는 능
력도 있었다. 할머니의 재주로 아버지 가족들은 따
뜻하게 살았다. 할머니는 며느리에게 바느질도 가르
쳐주고 길쌈도 가르쳐주었다.

아버지는 1942년 일본에 의해 징용을 떠나셨다. 부
산에서 배에 실려 간 곳은 일본의 H 탄광이었다. 근
무지 부근에 임시로 설치된 기숙사에서 생활하였다.
농민이었던 아버지는 석탄을 캐는 일을 했다. 탄광

의 깊은 곳에서 폭발 위험이 있는 가스가 새어 나오거나, 위험한 구조물이 떨어지는 사고 등이 이어져 목숨에 위협을 느꼈다. 동료들이 다치거나 죽어 나가는 것도 보아야 했고, 도망가다 잡혀 매질을 당하는 것도 보아야 했다.

1945년, 히로시마에 원자폭탄이 투하되었다. 아버지는 숙소에서 잠을 자는 중에 속옷 바람으로 피신하였다. 피신하는 도중 다리를 다쳐 큰 상처가 남았고 이 상처로 인해 군대에 가지 않았다. 귀국선을 탄 아버지는 간신히 살아남았다. 정원을 초과한 배의 모습은 너무 참혹했다. 배고픔에 죽어가는 사람들이 선상을 가득 메웠고, 배에서 죽은 사람은 바다로 던져졌다. 20대의 젊은 청년은 격동의 한국 근현대사한가운데 서 있었다. 핍박받는 민중의 모습으로.

아버지의 4형제는 모두 농사꾼이었고 2명의 딸들은 농사꾼에게 시집갔다. 그중 막내 고모는 남편과 도시로 나가 어시장의 중매인이 되었다. 고기가 한창 많이 잡히던 1960~80년대에 돈을 많이 벌었다. 지금은 모두 이 세상에 없다.

6. 전쟁의 폐허 속에서
부모님의 삶은 계속되다

 결혼하고 얼마 되지 않아 6.25 전쟁이 터졌다. 남부 지방이었지만 전쟁을 피해 갈 수는 없었다. 이웃 동네뿐만 아니라 엄마가 사는 동네도 포탄이 터져 불바다가 되었다. 살기 위해 전쟁이 한창일 때에 피난을 갔다. 엄마가 살던 동네에서 바라본 산은 매일 총소리와 연기가 자욱했고 불길이 타올랐다. 함안은 전쟁 중에 국군에 의한 민간인 학살이 일어난 곳이다. 그리고 낙동강 전선을 장악하고 부산으로 진격하려는 북한군과 이를 막으려는 국군 간의 격전이 벌어진 곳이기도 하다. 기록에 의하면 1950년 8월

1일부터 9월 15일까지 45일간 치열한 전투를 벌였다. 이곳의 최대 격전지가 서북산이다. 서북산은 북한군과 국군이 이 고지를 탈환하기 위해 일진일퇴를 거듭하면서 19번이나 주인이 바뀐 혈전의 능선이었다. 치열한 전투 속에 군인들의 피로 뒤덮인 능선은 나무가 탄 자국인지, 핏물이 흘러내린 흔적인지, 시체가 쌓여 있는 언덕인지를 알아보기 힘들 정도였다고 한다. 그때의 참상을 표현하며 엄마는 국군과 북한군이 죽어서 '마 삼 쓰러지듯이 쓰러졌다'고 했다. 삼베를 만드는 식물인 삼은 심을 때 촘촘하게 심는다. 손가락처럼 약하게 서로 딱 붙어서 자라기 때문에 하나가 쓰러지면 모두 금방 쓰러지고 틈이 보이지 않는다고 한다. 그만큼 많은 사람들이 죽었다는 뜻일 것이다. 이런 죽음을 본 마을 사람들은 죽음에 대한 두려움이 엄습해 왔을 것이다.

"함안군 진양면 울금에서 엄청 싸 재낏는 기라. 어시재라고 거서. 굴로 파놓고 인민군들이 거기서 살았는데, 마 삼

쓰러지듯이 쓰러지더란다. 인민군과 북한군이 죽어가고 왜 삼베옷 나무 쓰러지듯이 쓰러져서 죽었더란다. 삼베나무 쓰러지듯이 죽었다. 삼베나무가 쏘물아 가지고 팍팍 쓰러진다. 삼베나무는 원래 쏘물게 심는다 아이가. 삼나무라고 하지. 약하게 손가락맨키로 팍 올라간다 아이가. 그런께로 막 삼 쓰러지듯이 쓰러졌다고 사람들이 그라드라고."

 불안해진 마을 사람들이 어디로 갈지 망설이고 있을 때 면사무소에서 공무원이 나왔다. 공무원은 동네 사람들에게 피난 갈 곳을 정해주었다. 알려진 피난 장소는 이웃집이더라도 서로 달랐다. 이웃과도 이별해야 했다. 솥단지 하나 메고 이불 보따리 이고 단출하게 길을 나섰다. 전쟁이 격화되면서 북쪽이나 중부 지방 사람들이 부산 등 남부 지방으로 몰려들면서 의식주 해결에 어려움을 겪게 되자 정부가 나선 것으로 보인다. 엄마와 아버지는 피난민 증명서를 발급받았다. 하지만 피난처 안에서만 증명서가 유효할 뿐 이동의 자유도 제한되어 있었다. 피난처는 정확하지 않지만 김해 주촌면 초등학교로 기억하셨다. 면의 통제하에 이동하는 피난길이었지만 목적지까지 가는 길은 각자도생이었다. 마을을 지나갈 때마다 사람들이 불어나면서 피난 행렬은 거대한 물결을 이루었다.

 피난길은 고달팠다. 시시때때로 울리는 사이렌 소리와 공중을 나는 전투기들을 피해 길가에 몸을 숨겨야 했다. 해가 지면 피난길에서 만나는 빈집에 몸을 뉘었다. 모두 떠났으니 사방이 빈집이었다. 바람만 간신히 막아주는 빈집에서 하루를 지냈다. 다행히 아프지는 않았다. 피난길에 먹을 것을 배급받는 것은 불가능하여 굶거나 운이 좋으면 빈집 창고에서 먹을 것을 구하기도 했다. 길가의 들판에 포탄을 맞아 푹 팬 땅 사이사이 나락들이 남아 있기도 했다. 이 나락들을 훑어서 불에 구워 먹거나 껍질을 까서 생으로 먹었다. 죽을 고비를 넘기고 도착한 임시 피난처는 미리 온 사람들로 북적거렸다. 학교 마당에 움막을 치고 살았다. 천막, 모포, 내의, 비누, 양

곡, 소금 등의 생필품을 받았고, 가끔씩 주먹밥이 제
공되었다. 아버지는 이곳에서 담배 장사를 해서 돈
을 벌었다.

 1년여의 피난 생활을 마치고 고향으로 돌아왔다. 돌
아오는 길에 방앗간에서 자고 햅쌀을 빻아 밥을 해
먹었다. 집으로 돌아오는 길은 떠날 때보다 더 처참
했다. 시체가 논과 밭에서 썩어가고 훼손된 시체들
이 길가 여기저기 널브러져 있었다. 옷가지가 다 벗
겨져 알몸이 된 미군의 시체들도 다수 있었다고 한
다. 전쟁이 끝난 후에도 나물을 캐거나 땔감을 하러
산속으로 가면 방치된 시체들이 나무들 사이에 널려
있어서 산에 혼자 가기 두려웠다. 이런 폐허 속에서
도 엄마와 아버지의 삶은 계속되었다.

7. 물려받은 건 오직 가난

 엄마는 살아가는 게 너무 힘들고 원망스러워 남편 얼굴을 바로 보며 살지 않았다. 안방에 걸려 있는 사진 속 아버지의 높은 코, 잘생긴 귀, 작고 가늘게 뜬 눈은 중년의 미남을 연상케 한다. 하지만 6남매가 태어날 때까지 엄마는 아버지 눈썹에 사마귀가 있다는 것을 몰랐다. 마음에서 멀어진 사람이 눈에 들어올 리가 없었다.

 없는 집안에 시집가다 보니 살기가 너무 힘들었다. 물려받은 건 오직 가난이었다. 농사를 지어서 먹고 살기가 힘들었기에 마산, 삼천포 등에서 젓국을 가져다가 인근 동네에 팔러 다녔다. 아버지는 어깨에 젓국을 진 지게를 메고 엄마는 젓국을 머리에 이고 집집마다 다녔다. 엄마와 아버지는 머슴살이, 셋방살이, 피난살이, 타향살이, 소금 장사, 똥장군, 멸치 젓갈 장사, 담배 장사 등 안 해본 것이 없었다. 너무 젊은 나이에 엄마가 고생하는 것이 안쓰러웠던지 재취 자리를 마련해주겠다는 사람도 있었다. 또 이웃집 할머니는 마산에 고아원이 하나 생기는데 '밥 해주러' 가라고 했다. 거기 가면 자식 끼니 걱정할 필요도 없고 월급도 준다고 남편 놓아두고 자식들 데리고 떠나라며 살 방도를 일러주기도 했다. 엄마는 그때의 상황을 이렇게 표현하셨다.

"내가 간다고 했는데 어찌 된 판인지 너그 아버지가 불쌍해서 못 내버리고 갔다. 그때 버렸어야 되는데. 내가 아이들 공부나 시켰으면 좋았을 낀데... 내가 바보제 그자. 갈라고 딱 준비했는데."

 실제로 엄마는 우리가 태어나지 않았을 때 아버지

와 살기 싫어서 집을 나간 적도 있었다. 아버지는 엄마를 잡지 않았다. 왜 아버지가 엄마를 잡지 않았을까? 가장 노릇을 하지 못하는 자신이 한심했는지, 계속 일을 하지만 하는 일마다 되지 않는 자신에 대한 원망과 체념이었는지 모른다.

그 시절 농촌의 남자들은 농한기인 겨울에는 땔감을 구하러 다니거나 볏짚으로 새끼를 꼬거나 농사에 필요한 여러 가지 도구들을 만들었다. 그도 아니면 동네 친구들과 만나 술이나 화투 등으로 무료한 시간을 달래었다. 노름으로 무료한 시간을 달래다 보면 어느새 모아놓았던 돈이 어디론가 사라지고 생계를 위해 또 다른 일을 해야 하는 일이 반복되었다. 엄마는 아버지가 의미 없이 써 버린 돈을 이웃들에게 돌려주기 위해 더 많은 노동을 감내해야 했다. 외할머니가 사준 집도 어느샌가 사라졌다.

"이날 이때까지 너그 아버지 만나서 고생 안 했나. 오만 장사 다 하고…. 아이고 이런 소리 미안타. 마산 가서 젓국을 사가지고 너그 아버지 지고 내가 이고 걸어서 팔러 다니고…. 그래 어느 한군데 가니깐 '이 젊은 새댁이 이걸 이고' 하면서, 좋은 데 중신해준다고, 농부한테 중신하면 할 끼고, 글꾼한테 중신하면 할 끼고…. 하면서 할매가 나를 딱 잡는 기라. 너희 아버지는 젓국을 지고 한군데 있고 내만 팔러 다녔다. 마 혼자 왔으면 당장 가겠더라. 그런데 내가 그럴 수가 있나. 하늘이 내려다보는데…. 그래서 요새 가만 생각해 보면 그럴 때 그냥 좋은 데나 갈 낀데…."

8. 영리하고 지혜로웠던 엄마

엄마는 학교에 다니지 않으셨다. 그런데 글을 읽을 줄 안다. 이자 계산도 잘한다. 돈을 빌리면 이자 갚는 심부름은 항상 내 몫이었다. 엄마는 이자율을 정확히 계산하여 내 손에 들려준다. 백만 원의 3부면 3만 원을 주며 심부름을 시켰다. 한글도 일상생활에서 독학으로 터득했다. 어려운 받침이 있는 글자를 제외하곤 다 읽는다. 내가 학교 다닐 때도 엄마가 책을 읽어주며 받아쓰기 연습을 한 기억이 난다. 그냥 TV 보면서 읽어보고, 길 가다가도 간판이나 벽에 붙여 놓은 종이, 바닥에 떨어진 메모장들을 주워서 읽었다. 엄마는 '그냥 알았다'라고 표현하셨다. 엄마는 비유를 섞은 속담을 상황에 맞게 잘 쓴다. "토지"를 읽으면서 놀랐다. 엄마가 쓴 시의적절한 문장들이 소설 속에 담겨 있었다. 하동 출생이니 그때 서부 경남 사람들의 삶 속에 녹아 여인들이 일상에서 썼던 언어들이 아니었을까? 한편으로 엄마가 좀 더 부유한 집에서 태어나 공부했더라면 언어를 기막히게 구사하는 소설가가 되어 있지 않았을까 생각되기도 한다. 어려운 환경에서도 엄마는 유머가 있었다. 유쾌한 언어로 손자들을 놀리기도 하고 웃기기도 했다. 엄마는 영리하고 지혜로웠다.

"글은 그냥 알았지. 그냥 TV 보고 길 가면서 읽어보고 그냥 알았지. 길 가면 그냥 별로 안 다닌다. 뭐 붙여 놓으면 보고…. 쓰지는 못해도 한글의 반 이상은 안다. 길거리 다니면서 읽어보고…. 받침 많이 들고 이런 거는 줄줄이는 못 읽는다. 살아가는 데는 지장이 없다. 차 타러 가는 데도 지장은 없다. 목욕 가도 그렇고 차 번호도 잘 알고…"

1962년에는 새로운 인생을 살기 위해 낯선 곳으로 가족 모두가 이주하게 된다. 한밤중에 아이들 셋을 데리고 걸어서 함안 재를 넘어 기차를 탔다. 마산항에서 배를 타고 거제의 낯선 항구에 도착했다. 무일푼이었던 부모님은 셋방살이를 시작했다. 아버지는 똥장군도 지고, 품삯을 받고 남의 일을 하는 품팔이도 했다. 엄마도 마찬가지였다. 낯선 곳에 정착하는 것이 만만찮았다. 어떤 때는 다시 고향으로 돌아가고 싶었다. 살 곳을 찾는 것도 만만찮았다. 그 시대 서민들의 집은 기역자형이거나 디귿자형으로, 위채와 아래채가 마주 보도록 된 곳이 많이 있었다. 집주인 바로 옆방에서 세 들어 사는 경우도 드물지 않았다. 부엌도 집주인과 함께 사용했다. 단칸방에서 이불 하나로 다섯 식구가 살았다. 이후 딸 셋이 태어났다. 아이가 여섯 딸린 가족이 남의 집에 세 들어 산다는 것은 집주인의 입장에서도 여러 가지 불편함을 감내할 수밖에 없다. 좁은 집의 마당은 아이들의 놀이터다. 아이들이 많으면 집안이 시끄러울 수밖에 없다. 아이들끼리 싸우기도 하고 이것이 어른들 간의 다툼으로 이어지기도 한다. 아이가 많으면 받아주는 집도 없었다. 집주인의 텃세도 만만찮아서 몇 번이고 집을 옮기는 서러움을 겪어야 했다. 자식들도 집주인 눈치를 보았고 이를 보는 엄마의 마음도 편치 않았다. 엄마는 그때의 삶을 회상하며 이렇게 말했다.

"거지보다 못한 삶을 살았다. 아버지는 동네 똥장군 다 지고 품팔이하면서 살았다. 고생이라는 고생은 다 했다. 너그들 많다고 받아주지고 않고, 울면 주인 눈치 보여서 입도 틀어막고 그랬다. 사는 게 사는 게 아니었다."

9. 넉넉한 품으로
우리 가족을 품은 바다

 부모님이 정착한 곳은 거제시 장목면의 장서마을이
었다. 이곳은 1950년대 초부터 잠수선(모구리 배)으
로 개조개를 잡는 우리나라 최대의 개조개 생산지였
다. 항구가 길고 입구가 문같이 생겼다 하여 장문포
라고 불렸다. 태풍이 매섭게 들이치는 날에도 안쪽
바다는 고요하다. 태풍 매미가 마을을 할퀴고 갔을
때도 만조로 인해 낮은 집들이 물에 잠기기는 했으
나 바람의 피해는 거의 입지 않았다. 그래서 근해의
배들이 태풍을 피해 정박하는 곳이기도 하다. 거제
도 북쪽에 자리 잡고 있어 부산과 마산이 가까우니

여객선도 왕래했다. 거가대교가 생기기 전에는 부산과 마산을 이어주는 교통의 요충지였다. 1990년대 초반까지는 차를 이용하면 부산까지 6시간 정도 걸렸는데 여객선을 이용하면 3시간 정도 걸렸다. 그래서 명절이면 부둣가가 여객선을 타려는 사람들로 인산인해를 이루었다. 안전이 철저하지 않았던 시절이라 정원의 몇 배를 초과해서 사람들이 승선했고 배가 반쯤 가라앉은 상태에서 운항했다.

반농반어촌인 이곳 주민들의 주된 생계 수단은 개조개를 채취해서 파는 거였다. 개조개는 '모구리'라고 불리는 잠수부가 채취한다. 모구리들은 수심 20~30m에 우주복 같은 잠수복을 입고 들어가 갈고리를 이용하여 조개를 채취한다. 고무호스를 이용해 산소를 마시며 작업한다. 물속에서의 작업은 몇 시간씩 이어진다. 고된 작업인 만큼 수입도 짭짤했다. 배는 3인이 한 조가 되어 운영되었다. 선장과 잠수부, 화장이다. 화장(火匠)은 배에서 밥 짓는 일도 하고, 물속에 들어간 잠수부의 생명줄인 고무호스를 챙기거나 배 위에서 이루어지는 조개 채취와 관련한 일들도 한다. 조개가 한창 많이 올라오던 시절 잠수부는 한 달에 몇천만 원씩 벌었고 화장도 거기에 못지않은 대우를 받았다. 조개 채취 덕분에 한때는 부자들이 많이 산다는 소문도 났다. 어른들은 저녁 8시쯤 이른 잠을 자고, 새벽 3시쯤 일어나 배를 타고 어두움을 뚫고 바다에 나간다. 작업은 보통 오전에 끝났고 조개는 꼬마선이라는 배를 이용하여 부산 자갈치 시장에 내다 팔았다. 조개 캐기를 끝낸 어른들은 오후에는 농사를 지었다. 참 부지런한 분들이었다.

바닷물이 빠진 자리에는 넓은 갯벌이 펼쳐졌다. 갯벌은 마을 사람들에게는 식량의 보고였다. 바다 주인도 따로 없었다. 필요하면 동네 사람들이 언제든지 해산물을 채취할 수 있었다. 가난했던 시절, 넓디넓은 바다는 넉넉한 품으로 우리 가족을 품었다. 여름에는 고둥, 소라, 게, 전복, 해삼 등이 돌 밑에 웅크리고 있다가 돌을 뒤집으면 우수수 쏟아졌다. 겨울에는 파래, 미역, 매생이, 김, 톳 등이 바위 사이에 지천을 이루고 있었다. 푸른 물결 사이로 갈색 풀들이 나풀거린다. 파도가 거칠어지면 심연에 있는 바다풀들도 덩달아 춤추며 하늘거렸다. 바닷속은 물 반 물고기 반이었다. 그만큼 생선이 풍부했다.

　마을 언덕을 넘으면 멸치 주산지가 있었다. 배가 부두에 정박하면 항구 근처 해변에서 선원들이 그물에 걸려 있는 멸치를 노래 장단에 맞추어 털었다. 멸치들이 공중으로 솟구치며 사방으로 날다 해변에 떨어진다. 갯가는 은빛이 된다. 새와 사람이 한 무리를 이루어 멸치 쟁탈전이 벌어진다. 쟁탈전에 승리한 동네 아주머니들을 이것을 내다 팔았다. 이른 아침 아주머니들이 머리에 빨간 고무대야를 이고 '멸치 사소!'를 외쳤다. 몇 푼 안 되는 돈을 받고 바가지에 한가득 담아주었다. 엄마는 새빨갛게 달구어진 장작불 위에 석쇠를 얹어 생선을 굽고, 시래깃국을 끓이고, 회무침도 해주었다. 갓 잡아 온 생선의 싱싱함은 잠에서 덜 깬 나의 입맛을 자극했다. 그분들의 부지런함으로 싱싱한 생선을 싼값에 먹을 수 있었다. 힘든 삶이었지만 대가 없이 넓은 마음으로 내어주는 바다가 있었기에 우린 살아갈 수 있었는지 모른다.

 엄마의 여름 바다는 이러했다. 내리쬐는 태양 빛 아래 머리에 수건을 동여맨 채 바다로 간다. 썰물이 되면 갯벌에서 조개를 캐거나 바위틈에서 자라는 전복, 해삼, 고둥, 청각 등을 채취했다. 우뭇가사리를 캐다 말려서 묵을 만들면 여름날 시원한 콩물에 넣어 먹는다. 돌 밑에 군락을 이룬 앙장구(성게)를 잡아다가 반찬도 만들었다. 여름 바닷가는 우리들의 놀이터이기도 했다. 항구에 매달린 배에 올라가 다이빙하기도 하고 누가 수영을 빨리 하나 내기도 했다. 수경 없이 물속으로 들어가 눈을 뜬 채 해산물을 잡았다. 넓은 바다의 품에 안겨 우리는 자랐다.
 한없이 낭만적이었던 여름날의 추억들은 지금 생각하면 무모하고 아찔했다. 거제도의 장목만에 들어서는 입구에는 농 모양의 바위인 농바위, 임진왜란과 러일전쟁 때 일본군이 주둔하던 군항개, 임진왜란 때 일본군이 쌓은 왜성이라는 곳이 있다. 농바위와 군항개, 왜성은 깊은 바다를 사이에 두고 마주 보고 있다. 서로 간의 거리가 몇십 m는 될 것이다. 수심은 가늠할 수 없을 정도로 깊었다. 바닷물은 검푸른 물결이 일렁거리고 상어가 나올 것만 같았다. 어릴 때 친구들과 바다를 누비며 이곳저곳 놀 장소를 찾으러 다니던 시절에는 왜성과 농바위 사이를 어설픈 수영 실력으로 아무런 장비도 없이 횡단하기도 했다. 서로 먼저 가기 위해 경쟁을 하다 보니 지친 줄도 몰랐다. 그때 함께 건너던 누군가 사고가 났더라면? 생각만 해도 아찔하다. 정말 무모했다.

갯가에 살려면 바닷물의 들고 남을 잘 알아야 한다. 그래야 농사도 지을 수 있고 해산물도 채취할 수 있다. 엄마는 태양과 지구, 달의 관계를 모르신다. 과학을 배우지 않으셨다. 밀물과 썰물의 원리는 일상생활에서 자연적으로 터득했다. 아침에 일어나서 바다를 보며 '물이 이만큼 있네, 저만큼 갔네. 그럼 오늘은 7물이네' 하면서 손가락으로 날짜를 세고 계셨다. 나도 자라면서 밀물과 썰물, 1물, 2물 등을 엄마를 통해서 자연스럽게 알게 되었다. 밀물과 썰물에 대해서 엄마에게 질문하면 손가락을 세면서 설명해 주셨다. '8물이 바닷물이 제일 많이 빠진다. 이때가 조개잡기가 제일이다'라고 하셨다. 7물과 8물이 되는 날은 바닷물이 육지로부터 가장 많이 밀려나 갯벌이 훤하게 드러난다. 해산물을 채취하는 시간이 15일 중 가장 길어지는 날이다. 이런 날은 한 달에 두 번 있다. 15물이 되면 밀물과 썰물의 차이가 거의 없어서 바닷물이 육지에 가장 근접해 있다. 이런 날은 바다에 나가지 않는다. 엄마가 다른 일을 하는 날이다.

엄마의 겨울 바다는 이러했다. 겨울 바다는 해산물이 싱싱하고 해조류들이 많이 난다. 누가 씨를 뿌린 것도 아닌데 겨울만 되면 신기하게도 너럭바위와 돌멩이에 매생이, 감태, 파래, 김 등이 새싹을 피운다. 때로는 추운 겨울을 뚫고 땅 위에 살포시 고개를 내미는 보리 새싹을 보는 듯했다. 사람이 접근하기 힘든 바위 끝에는 바다 물결이 험하게 일렁인다. 톳이 지천으로 피어 아슬아슬하게 생명력을 유지하고 있다. 근접하기에는 위험천만한 곳이지만 눈길과 발길이 떨어지지 않는다. 어린 마음에 아까워서 한참을 쳐다보고 있으면, 엄마가 긴 팔과 다리를 이용하여 그것들을 쓱 뜯어 올린다. 그 순간 엄마의 손과 발은 경외의 대상이었다.

새빨갛고 넓적한 대야를 이고 엄마는 바닷가에 가신다. 나도 엄마를 따라간다. 엄마는 너럭바위에 쪼그리고 앉아 전복 껍데기나 조개껍데기로 김과 파래 등을 싹싹 긁어 대야에 담는다. 대야에 한가득 찰 때까지 작업은 이어진다. 가득 담긴 해조류를 머리에 이고 집으로 돌아온다. 넓은 채반으로 바닷모래와 이물질 제거 작업을 몇 시간씩 반복한다. 파랗고 검으며 실낱같이 얇은 모양과 두껍고 넓적한 모양의 해조류들이 서로 뒤섞인다. 갈대와 짚으로 만든 김발에 이것들을 붓는다. 3~4일 겨울 볕에 말리면 엄마표 자연 김이 완성된다. 가마솥 누룽지를 긁는 도구나 비누를 얹는 통은 전복 껍데기를 이용했고, 싸리나무로 마당 빗자루를 만들었으며, 갈댓잎으로 방

빗자루를 만들었다. 자연을 이용한 생활의 지혜였다.

 바다는 우리 가족에게 생명을 주었다. 지천으로 널린 해조류로 김도 만들고 묵도 만들고 국도 끓여 먹었다. 굴은 돈을 벌게 해주었다. 엄마는 여름에는 굴 껍데기를 끼우고, 겨울에는 굴을 까고, 봄에는 통조림을 만들었다. 양식 굴보다 자연산 굴이 비쌌다. 엄마는 돈을 더 받기 위해 한겨울 바다 난장에서 굴을 깠다. 바닷물은 달과 태양, 지구 사이의 힘의 관계에 의해 들고 남이 결정되기 때문에 인간의 힘으로 조절할 수 있는 것이 아니다. 원하는 시간에 작업을 할 수 없다. 물때가 맞아야 한다. 갯벌이 드러나는 새벽녘이면 자연산 굴을 채취하기 위해 동네의 몇몇 아낙들이 어스름한 달빛 사이로 움직인다. 달빛을 벗 삼아 가파른 언덕을 넘고 먼지가 뿌옇게 이는 외길을 몇십 분 걸어 이동한다. 바닷물이 빠진 갯가에 모닥불을 피운다. 어두움 속에서 아낙들이 빠르게 움직이며 굴을 채취한다. 바위에 붙은 굴은 바위와 분리하고 돌에 붙은 굴은 돌과 함께 통째로 옮긴다. 밀물에 대비하여 바닷물이 들지 않는 높은 곳으로 운반한다. 밀물이 되더라도 작업은 계속 이어진다. 물신도 없이 맨발과 맨손으로 차가운 바닷물에 몸을 맡겼다. 바닷물이 갯벌에 밀려와 사람이 들어가기 힘들어지면 반복되던 작업이 중단된다. 건강한 신체를 가진 엄마는 다행히 동상에 걸리지는 않았다. 이 작업은 매년 겨울마다 반복되었다.

"굴 까고 판다. 한여름 굴 껍데기 까고 봄 굴 까고 겨울 되면 통조림 써리고. 돔방개 실천까지 새벽에 길도 안 보이는데 물신도 없었다. 물속에서 굴을 끌어 올리고 불 피우고 솥에 돌을 해서 끓여 먹고. 예닐곱 명. 새벽에 길도 못 찾고. 물에 들어가 다리가 얼어서…."

10. 집터가 세다,
귀신이 나온다

 거제시 장목면 장목리로 이사 온 후 부모님은 고생
을 많이 했다. 열심히 일했으나 생활은 나아지지 않
았고 조금씩 버는 돈은 월세로 나가거나 다른 용도
로 빠져나갔다. 정월 대보름은 전통적으로 설날보다
더 성대하게 지내는 명절이었다. 원래는 설날부터
대보름까지 15일 동안 축제일이었으며, 이 시기에는
빚 독촉도 하지 않는다는 말이 있었을 정도로 옛날
에는 큰 축제였다. 입에 풀칠하기도 어려웠던 집들
이 대부분이라 대보름 전날 밤에는 아이들이 집집마
다 대보름 밥을 얻으러 다녔다고 한다. 전통 사회에

서는 겨울철에 구할 수 있는 먹거리를 모두 동원하여 동네 사람들이 잘 먹고 노는 날이 대보름이었다. 이날은 마을 사람들이 먹을 것을 내놓고 어려운 사람들과 나누어 먹었다. 부모님이 장목에 정착한 첫해에는 정월 대보름날에도 자식들에게 밥을 먹이기 힘들었는데 이것을 알고 이웃 아주머니들 3~4명이 동네에 밥을 얻으러 다녔다. 후한 인심들이 더해져 가족들은 어두운 밤을 환하게 비치는 달만큼이나 훈훈한 대보름을 보낼 수 있었다.

 아이들이 두 명 더 생기면서 셋방살이가 더 힘들어졌다. 집주인과 주인집 아이들 눈치를 봐야 하는 상황이 매일 계속되었다. 아이들이 마음대로 울 수도 없었다. 큰 소리가 나면 소리를 내지 못하도록 입을 막기도 했다. 엄마는 항상 마음을 졸이며 살 수밖에 없었다. 월세도 오백 원을 내고 있었는데, 이 돈이면 양식을 팔아서 가족들이 살 수 있을 것이라고 생각했다. 월세를 내지 않고 마음 편히 지낼 수 있는 곳을 찾아야 했다.

마을 뒤편에 외따로이 떨어져 있는 객사(客舍)라는 곳이 있었다. 이곳은 겨울철이면 먼 곳에서 온 떠돌이들이 무리 지어 한 철 지내고 간다든지, 가진 것 없이 객지에서 이주해 오는 사람들이 임시로 머무르는 곳이었다. 조선 시대에 나라에서 지어 왕을 상징하는 전패를 모셨던 곳으로 관아를 방문하는 관리나 사신들이 머물던 건물이다. 이순신 장군이 장문포항에서 왜적을 무찌르기 위한 전략을 세운 곳이라는 일화도 있지만 사실인지의 여부는 의견이 분분하다. 일제 강점기에는 면사무소로 사용되었고, 해방 후 경로당으로 활용되다가 1978년 태풍으로 소실되었다.

우리 가족은 이곳에서 몇 년간 살았다. 풍설에 의하면 임진왜란 때 이곳에서 사람이 많이 죽었다고 한다. 그래서 터가 세다고 했다. 귀신이 나왔다는 목격담도 있었다. 내가 아기였을 때, 기어다니기 전인지 후인지 확실하지 않지만, 엄마는 일 나가고 언니들은 동네 친구들과 놀러 가고 집에서 나 혼자 자고 있었다고 한다. 집에 돌아온 언니는 내가 방에 없는 것을 발견하고 찾아다니다가 넓은 대청마루 밑에서 찾았다. 대청마루 아래에는 계단이 있었는데 높이가 1m 정도였다. 언니는 걷지도 못하는 내가 마루 밑에 있었다는 것이 신기하다고 했다. 그러면서 '혹시 네가 많이 우니까 집 귀신이 돌봐준 건 아닐까'라며, 순간 귀신이 지나가는 것처럼 눈빛에 섬뜩함을 담아 한마디 했다. 이런 곳에서 6년 동안 살다가 1975년 이곳을 떠났다.

"동네 사람들이 자꾸 무서운 소리를 하니까 더 무섭더라고…. 집터가 세다. 귀신이 나온다. 그 집이 동네에서 터가 제일 센 집이다. 옛날 임진왜란 때 거기 참 사람들 많이 죽었다. 왜놈들이 수백 명 죽었다 하더라. 장목면 사무소 했는데 직원들이 점심 먹고 오면 수염이 하얀 할배가 담뱃대를 물고 의자에 앉아 있더란다. 그러고 갑자기 없어지고…. 너그 둘째 언니는 교회에 갔다 오면 대청마루에 하얀 옷을 입은 할배가 앉아 있더라고 놀라서 뛰어오고. 그런 터에서 내가 무서운 줄도 모르고 살았다."

그 집은 경로당으로 사용되긴 했지만 오랫동안 방치된 탓에 잡풀이 우거져 마당을 뒤덮고 있었다. 벽지도, 장판도 없었고 문은 떨어져 나가고 문살도 찢겨 나뒹굴고 있었다. 마당은 깊이 팬 웅덩이에 짚이 박혀 간장 물이 흐르고 있었다. 부엌 아궁이는 뜯겨 나가고 이리저리 나뒹구는 흙 사이로 불에 그을린 흔적이 뒤섞여 있었다. 바람이 횡하니 부는 쓸쓸함에 더해 흙먼지와 섞여 흩날리는 지푸라기들이 공허한 집을 채우고 있었다. 우리 가족이 이사했을 때 옆방 아주머니가 문살도 해주고 부뚜막도 고쳐주었다. 손재주도 있고 인정도 많고 똑똑한 분이었다. 전기도 없고, 귀신이 나오는 터가 센 곳이라는 소문이 난무했지만 엄마는 이곳이 더 편하다고 했다.

"내가 터를 후아고(휘어잡고) 살았는데, 나는 거기가 좋더라고. 너그가 울어도 편안하고 집주인 눈치 안 봐도 되고."

이곳에 온 후 눈치 볼 사람이 없어서 엄마는 마음이 너무 편했다. 집 중앙에는 대청마루가 크게 있고 오른쪽에 우리가 살았던 방이 있었다. 방문을 열면 제 석봉이 앞에 떡 버티고 있다. 담장은 허물어지고 방이 휑하니 밖을 바라보고 있었다. 달이 뜨는 밤이면 달빛에 더욱 늘어진 나무 그림자가 무서워 바깥으로 나가지 못했다. 태풍이 오는 날이면 바람에 몸을 가누지 못하는 나무들이 이리저리 흔들리며 우는 소리를 냈다. 이 소리에 주눅이 들기도 했다. 동네와 약간 떨어져 있는 데다 전깃불도 들어오지 않아 밤이면 어두컴컴한 방에 초롱불을 켜고 살았다. 밤이면 한 치 앞도 볼 수 없는 암흑천지였다.

천장은 서까래가 솟을대문처럼 높아서 나의 눈에는 하늘처럼 느껴졌다. 오랫동안 사용하지 않아 건물은 많이 낡았다. 한번은 태풍이 심하게 몰아치는 날이 있었다. 비가 억수같이 오며 지붕에서 물이 떨어지기 시작했다. 가족들은 물이 새는 곳곳에 양동이를 놓고 한곳으로 모여 있어야 했다. 아버지가 몹시 아픈 상황이라 드높은 천장을 수리하는 것이 엄두가 나지 않았다. 도와주는 사람도 없이 엄마가 혼자 사다리를 타고 올라가 수리했다.

"너그 아버지 병들어 있을 때 비가 억수로 와서 대야를 받쳐 놓고 식구대로 한쪽 구석에 앉고 그랬다. 그 높은 지붕에 올라가서 나 혼자 수리 다 했다. 태풍이 와서 난리 났다. 지붕에 물이 새서 오르내려 다니면서…. 대야를 건네줄 사람이 없어서 혼자 오르내렸다."

나는 객사에서 태어났다. 새벽녘에 아이의 울음소리가 들렸고, 아버지는 언니와 함께 가마솥에 미역국을 끓였다. 내 이름도 가족들이 모두 둘러앉아 지었다. 딸이 태어나자 엄마는 너무 힘들어 갓난아이에게 이불을 뒤집어씌우고 베개를 눌렀다. 눈 깜짝할 사이였겠지만 갓난아이는 죽지 않고 버텼다고 한다. 엄마는 이 이야기를 하지 않았지만 언니에게서 들을 수 있었다. 처음에는 그런 적이 없다며 부인하던 엄마가 세월이 지나며 순순히 인정했다. 오죽했으면 그랬을까? 엄마의 삶을 알아가며 이해할 수 있게 되었다.

 내가 태어난 해에 아버지가 소천하셨다. 위암 판정을 받고 1년 후의 일이었다. 수술을 했더라면 괜찮았을 텐데 수술도 한번 못 받고 그냥 집에 가만히 누워 있다가 돌아가셨다. '가난이 죄'라고 엄마는 항상 말씀하셨다. 삶이 얼마 남지 않은 아버지가 갓 태어난 딸을 보면서 무슨 생각을 했을까? 가진 것 없이 엄마에게 모든 짐을 맡기고 가는 미안함이었을까? 지금까지 살아온 삶을 돌아보며 자신을 원망했을까? 자기가 없더라도 자식들이 잘 살기를 바라는 마음이었을까? 아버지가 나를 안고 신세타령을 많이 했다. 신세타령이 너무 애절하고 절절했던지 집신이 노했던 것 같다. 아버지는 특이한 경험을 하셨다.

"경로당에 살면서 아이구… 너를 거기에서 낳았지. 너를 낳고 보리타작을 내가 하고…. 니가 뽈뽈 길 때 너그 아버지가 죽었을 기다. 경로당 대청에 앉아서 너그 아버지가 니를 안고 신세타령을 하니깐 주변에 아무것도 없는데 누군가가 바께스에 물을 확 끼얹는 것처럼 그렇더란다. 아마 귀신이 그러는 것 같더라."

아버지는 너무 힘들고 아파했다. 엄마는 병원에서 수술이라도 받게 해주고 싶었으나 곤궁한 생활이다 보니 이조차도 쉽지 않았다. 민간요법에 의존해야 했다. 위암에 좋다는 약초를 구하기 위해 산과 들을 헤맸다. 여러 가지 약초와 나무껍질들을 섞어서 조약도 만들었다. 뱀도 삶고 옻닭도 고았다. 굿도 했다. 차도가 없었다. 갈수록 쇠약해지는 아버지를 보며 '엄마는 사는 사람이라도 살게 어서 갔으면 좋겠다'는 생각도 했다. 하지만 남편이 아픈 채로 살아 있기를 바라기도 했다. 문득문득 혼자 아이들을 데리고 낯선 곳에서 어떻게 살아갈지 생각하며 기가 막히기도 했다. 사람의 목숨은 사람의 힘으로 어찌할 수 없듯이 엄마의 노력에도 불구하고 아버지는

하늘나라로 가셨다. 억척스러운 엄마에 비해 아버지
는 술 좋아하고 장구 치고 노래하는 것을 즐겼다. 신
명이 있었다. 빚내서 사람들 술 사주고 술판에서 마
을 사람들과 어울려 장구 치고 노래했다. 자연히 동
네 사람들에게 인심을 얻었다. 그렇게 아버지는 동
네 사람들에게는 인심을 얻고 갔다.

"아버지도 죽을 때 얼마나 마음이 아팠것노. 죽고 나니
너무 허전하더라…. 너무 외롭더라. 벽을 짊어지고 있어도
살아 있는 기 낫더라. 너무 허전하더라고. 꼼짝 못 해도
든든하더라고. 이 아이들을 데리고 산도 설고 물도 선데.
집도 없제…. 이런 집에 놓아두고. 죽은 귀신이라도 돌봐
주것나. 아버지도 죽을 때 얼마나 마음이 아팠것노. 영감
이 있으면 좋지. 자식들한테 아버지가 있어야 한다. 아버
지 그늘이 어디라고…. 벽을 지고 있어도 말이다. 너그 아
버지 병들어 있을 적에 번개 치는 것도 너그 아버지가 있
으니깐 안 무섭더라. 죽고 나니깐 무섭더라. 참 무섭더라
고…. 동네 사람들은 너그 아버지가 죽고 나갈 때 '아이고

없이 살아도 인심은 얻고 간다'고 했다."

　엄마는 제대로 된 약 한 첩 쓰지 못하고 죽은 남편
을 묻은 공동묘지를 쳐다보며 흙 속에 꽁꽁 묻혀 잠
들어 버린 남편을 수없이 원망했을 것이다. 텅 비어
버린 들판을 보며 헛헛한 마음을 달랬을 것이다.
　아버지의 죽음을 잘 기억하는 것은 둘째 언니다. 오
빠는 외지에 있었고 큰언니도 외갓집에 있었기에 둘
째 언니와 아버지의 관계가 돈독했다. 둘째 언니가
11살 때 아버지가 세상을 떠났다. 죽음의 의미도 몰
랐는데 어느 날 아버지가 사라졌다. 남은 건 아버지
의 옷가지와 신발 그리고 추억이었다. 아버지가 입
었던 옷가지과 신발 등이 활활 타오르는 불길에 사
라지는 것을 보며 불길을 원망했을 것이다. 문밖을
내다보며 돌아오지 않는 아버지를 하염없이 기다렸
을 것이다. 마루에 누워 하늘을 보다가 나비가 마루
에 앉으면 아버지가 왔다고 생각했고 말 못 하는 나
비를 보며 혼자서 끙끙 앓았다. 명절날 메구 치는 사

람들이 동네를 다니며 메구를 칠 때면 아버지를 찾아 헤맸다. 아버지가 올 것이라는 기대와 희망을 품고…. 그러나 결국 돌아오지 않는 아버지에 대한 상실감에 시달렸다. 언니는 지금도 엄마·아버지란 말만 나와도 울컥한다. 정 많고 눈물 많은 언니다. 아버지와 가장 친밀했던 자식이었기에 이별의 아픔은 다른 자식들보다 컸을 것이다.

11. 문풍지 사이로
서슬 퍼런 칼이 쓱 들어오다

 정착한 지 얼마 되지 않아 아버지가 돌아가시면서
남편 없는 여자와 아버지 없는 자식이 되었다. 울타
리 없는 집이 되었다. 황량한 들판에 우리는 서 있었
다. 누가 어떻게 우리를 해할지 모른다는 초조함을
견뎌야 했다. 엄마는 더 그랬을 것이다. 우리가 살았
던 집은 마을에서 조금 떨어진 외딴곳에 있었다. 밤
이 되면 마을은 전기가 들어와 훤했으나 우리 집은
전기가 들어오지 않아 어두움이 내려앉았다. 칠흑
같은 어둠 속에 초롱불 빛만이 방 안을 메웠다. 집안
의 유일한 남자였던 오빠는 외지로 나가 있었다. 엄

마와 딸 넷, 여자들끼리 돕고 의지하며 외부의 위험으로부터 서로를 지켜야 했다. 둘째 언니 11살, 셋째 언니 8살, 넷째 언니 4살, 내가 1살 때였다.

집에 여자들만 있던 어느 날 새벽녘. 문풍지에 비친 감나무 잎이 달빛 사이로 어른거렸다. 산에서는 고라니인지 여우인지 알 수 없는 산짐승들의 울음소리가 나지막이 퍼지고 있었다. 가족들은 깊은 단잠에 빠져 있었다. 순간 문풍지 사이로 서슬 퍼런 칼이 쓱 들어왔다. '말하면 죽인다'는 사악하고 탐욕스러운 소리가 새벽의 고요함을 깨뜨리며 방 안을 가득 메웠다. 자고 있던 가족들이 놀라 일어났다. 찢어진 문풍지 사이로 칼이 걸려 있었다. 잠에서 깬 가족들은 침착했다. 그리고 그는 칼만 꽂아둔 채 사라졌다. 8살의 어린 나이였지만 당차고 꾀가 많았던 셋째 언니는 다음 날부터 문고리에 숟가락을 걸었고, 잠자리 곁에 칼과 낫, 삽 등을 두고 잤다.

"누가 있나 이웃도 멀리 있고 경로당 거기 외딴곳에…. 날로 그만 놓아두겠나? 그 쌔빠진 것들이…. 저녁에 칼이 들어오고 '말하면 죽인다.' 문창호지 사이로 칼이 들어오고…. 기자 언니가 저녁때면 칼하고 곡괭이하고 방에 가져다 놓고 숟가락으로 문고리를 잠그고 했다. 그날 저녁 내 잊어버리지도 않는다. 음력 10월 그믐날인데, 바람이 되게 불고 문이 덜커덕거리더니 문에 칼이 쓱 들어오는 기라. 우리 집 밑으로는 전기가 들어와서 훤했는데 우린 전기가 없어서 등잔불을 켜놓고 잤거든…. 말하면 죽인다고 칼이 쓱 들어오는데 식겁을 하고. 그 밤중에 오빠도 없었고…. 딸 4명과 같이 있었지. 그래 살았다."

 살아가기 위해서는 입이 없어야 했다. 혼자 사는 여자가 책잡히지 않기 위해서는 이웃들과 말하는 것도 조심해야 했다. 동네 사람들과 일정한 거리를 유지했으며, 그들과 농담도 잘 하지 않았다. 엄마가 험한 말을 입에 담는 것을 본 적이 없다. 동네 사람들과 싸우는 것도 본 적이 없다. 나는 엄마에게 혼도 많이 나고 꾸중도 많이 들었으나 욕을 들은 적은 없다. 엄

마는 꼿꼿한 태도로 이웃들에게 쉽게 보이면 안 된
다고 말했다.

12. 아버지의 죽음 후
엄마는 이렇게 살았다

여름은 비가 많이 오는 시기다. 무시로 자라는 잡초
들로 산과 들뿐만 아니라 사람들이 다니는 길도 온
통 초록빛으로 물든다. 그래서 농부들이 잡초와 한
바탕 전쟁을 치르는 시기다. 지금처럼 농촌이 기계
화되어 있거나 풀이 올라오지 못하도록 하는 제초제
를 쓴다는 것은 상상할 수 없는 시절이었다. 오직 사
람의 손에 의지해야 한다. 땅 한 뙈기 없던 엄마는
발목까지 푹푹 빠지는 얕은 늪 같은 논에서 피를 뽑
았고, 잡초인지 채소인지 구분이 안 될 정도로 자란
밭에서 잡초를 맸다. 논두렁과 밭두렁에 무성한 풀

도 낫으로 베고 일당을 받았다. 다른 사람에게 빌린 밭도 김을 매고 작물을 키웠다.

 푸르른 산이 형형색색으로 변하다 군데군데 푸르름을 남기고 갈색으로 변하면 겨울이 시작된다. 나뭇잎이 떨어진 겨울 산은 인간에게 따스함을 준다. 나뭇잎은 인간에게 온기를 채워주는 땔감이다. 내가 기억하는 땔감 중 최고는 소나무에서 떨어진 뾰족한 소나무의 잎이다. 우린 이것을 '갈비'라고 불렀다. 일등급 땔감이다. 화력이 정말 좋았다. 소나무가 크고 튼튼할수록 나무 아래에 많은 갈비들이 쌓여 있다. 소나무의 군락지라면 금방 한 짐 할 수 있다. 엄마는 좋은 땔감을 구하기 위해 마을에서 멀리 떨어진 깊은 산속으로 들어갔다. 우리 집 땔감만도 벅찼는데 나뭇짐을 해서 다른 집에 팔아야 했다. 힘이 곱절로 들었다. 자식들을 먹여 살려야 한다는 일념에 엄마는 무서운 줄 모르고 깊은 산속으로 혼자 다녔다. 금방 한 짐 할 수 있다는 기대감 때문이었다.
 그러다 한번 놀란 가슴을 쓸어내리는 일이 생겼다.

구순 엄마 이야기   89

실한 땔감을 구하기 위해 동네에서 범바골이라 부르는 깊은 산속에 홀로 가셨다. 범바골은 범이 나오는 골짜기란 뜻이다. 아무도 없는 고요한 산속에 찬바람만 나무 사이로 쌩쌩 불고 있었다. 사람들의 발길이 드문 곳이었기에 나무 한 짐은 금방이었다. 갈고리로 나무를 끌고 모아서 하나로 만들려고 하는 순간 '쩌벅쩌벅' 누가 오는 소리가 들리는 것 같았다. 혼비백산한 엄마는 뒤도 안 돌아보고 번개처럼 내달려 집으로 왔다. 하지만 두고 온 나뭇짐이 눈에 자꾸 아른거렸다. 자신을 보호해줄 누군가가 필요했다. 보호자로 선택된 것이 초등학생인 나였다. 아무것도 모르는 나는 엄마 손을 잡고 졸졸 따라갔다. 엄마는 나무를 모으는 곳에 나를 앉아 있게 했다. 바람이 쌩쌩 불어왔다가 흩어지며 사각사각 나뭇잎 구르는 소리가 사람 발자국 소리 같았다. 먼 곳에서 짐승의 울음소리가 들리는 듯했다. 엄마가 눈앞에서 사라지면 뛰어가 엄마 곁에 있었고 엄마도 가끔 나를 쳐다보았다. 눈빛만 보아도 무서움이 사라지고 위안이 됐다. 함께 있는 자체만으로도.

범바골은 집에서 1시간 거리는 족히 되었던 것 같다. 상상할 수 없는 거대한 나무를 이고 구불구불한 산길과 논길을 돌아 걸어오던 엄마가 생각난다. 외줄 타는 곡예사처럼 엄마는 나무를 이고 간신히 두 발을 디딜 수 있는 논길을 따라 왔다. 그 좁은 길을 사람 두 배나 되는 짐을 이고 오는 엄마가 신기했다. 엄마는 그 시절 평균적인 여성들보다 키가 컸다. 꽁꽁 동여맨 큰 나뭇짐을 이고 그녀가 빠른 걸음으로 다가왔다. 꼭 거대한 곰이 다가오는 것 같았다. 엄마는 천하장사였고 나에게는 큰 산이었다.

"7, 8월 되면 범바골에서 나무 베다가 말려 놓았다가 겨울에 팔아먹고…. 옛날에는 7, 8월에 나무를 벴다. 이고도 오고. 겨울 되면 갈비를 한 짐에 2백 원. 저녁에 한 짐, 아침에 한 짐. 우리 집 한 짐."

봄은 식량이 바닥나는 시기였다. 한편으로 산과 들에 새싹들이 돋아나며 식재료가 풍부해지는 때이기도 하다. 지천으로 피어나는 나물들은 돈을 벌 수 있는 기회였다. 엄마는 고사리, 머위, 돈나물, 달래, 냉이 등을 뜯어서 장에 내다 팔았다. 까마귀들이 무리를 지어 한겨울 논을 검은색으로 물들이는 것처럼 마을 사람들도 나물을 뜯기 위해 들판을 채웠다. 나물을 캐서 돈을 벌기 위해서는 다른 사람들보다도 부지런해야 했다. 나물의 군락지를 찾아 마을을 벗어나 먼 길을 오가기도 했다.

 거제에 구천계곡이 있다. 봄나물들이 많이 나는 곳으로 특히 머위가 군락을 이루었던 곳이다. 지금은 댐으로 바뀌어 옛날의 모습을 찾을 수 없지만 거제 사람들의 여름 피서지로 유명했다. 잘 닦인 도로를 따라 자동차로 가면 50분 정도 걸린다. 50여 년 전 제대로 된 길이 없던 시절에는 구불구불한 흙길을 따라 몇 개의 산등성이를 넘어야 했다. 새벽밥 먹고 길을 나서야만 하루 만에 집에 올 수 있었다. 머위를 한 자루 뜯고 나면 먼 길을 다시 되돌아와야 했다. 삶의 무게를 머리에 이고 어깨에 둘러멘 채, 살기 위해 아끼고 살기 위해 걸었다. 어머니가 걸었던 길에 수많은 발자국이 남았다. 그 발자국들이 모여 우리가 살아가는 길이 되었다. 어머니의 길이었다.

"봄 되면 머위 캐러 갔다. 동네 할매랑 두 명이서 함께 다녔다. 걸어가면 아침 먹고 조금 걸어가면 산길로 해서 구천계곡으로 가는 샛길이 있다. 고랑에 머구를 한 자루 뜯어서 한 자루 연초까지 이고 와서 너무 힘들어서 장목까지 못 와서 연초에서 버스를 타고 장목까지 왔다."

우리 동네에서 채취한 개조개를 부산 경매장까지 운반하는 배가 있었다. 이 배를 꼬마선이라고 불렀다. 배의 크기가 작아서였다. 새벽에 진행되는 경매 시간에 맞추기 위해 늦은 밤을 이용해서 이동했다. 부산에 가면 나물이나 해산물 등 수확물의 값을 많이 받을 수 있었다. 엄마는 채취한 나물을 좀 더 나은 값에 팔기 위해 이 배를 이용했다. 하지만 개조개를 운반하는 배라며 선원들이 태워주지 않았다. 엄마는 귀도 막고 입도 봉하고 살다 보니 타지 말라는 소리도 들리지 않았고 대꾸도 하지 않았다. 그냥 살아야 했기에 선상에 몸을 들이밀고 억지로 배를 탔다. 선실 내부는 남자들이 점령하고 있어 들어갈 수 없었다. 바닷길을 차가운 바람을 맞으며 온몸으로 견뎌내야 했다. 바다에 쏟아지는 검푸른 어두움을 보며 앞길이 보이지 않는 막막한 삶을 생각했을 것이다. 서러웠을 것이다. 바다에 스며드는 달빛과 가끔 비치는 등대의 불빛을 위안 삼아 희망의 끈을 놓지 않았을 것이다. 바닷길은 엄마가 걸어간 또 다른 길이었다.

"골라서 꼬막선 타고 부산에 팔러 갔다. 꼬막선 서기들이 태우지 말라 하고 배 안에 들어가지도 못하게 하는 기라. 배에 쓰레기 버리는 곳이 있어, 거기서 자고 그랬다. 꼬막선 안 타고 가면 경매를 못 한다. 한 번은 혼자서 마늘을 가지고 배를 탔는데 동네 아저씨가 배 기관장을 했는데 그 아저씨가 자기 방 옆에 작은 방이 있다고 거기에 들어

와서 자라고 하는 기라. 무서워서 안 자고 밖에서 밤새도
록 앉아서 있었다."

13. 살기 위해 매달렸던
구부러진 손

5월의 보리타작과 6월의 모내기, 10월의 벼 수확기
가 되면 엄마 얼굴을 보기 힘들었다. 이른 새벽에 일
어나 아침밥을 해놓고 사라지는 우렁각시였다. 엄
마의 노동력을 필요로 하는 곳이면 몇십 리를 왕복
하더라도 어디든지 달려갔다. 그리고 달빛이 앞산에
걸릴 때쯤 집에 오셨다. 나는 어스름 저녁 동창에 떠
오르는 달을 바라보며 엄마를 기다렸다. 엄마는 지
친 얼굴로 '경숙아' 하며 대문으로 쓱 몸을 들이민
다. 호주머니에서 큰 눈깔사탕을 꺼내 주신다. 하루
의 고된 노동을 견딘 사탕이다. 눈깔사탕이 내 작은

입에 들어가는 것을 보며 흐뭇해하던 엄마의 미소가 떠오른다.

보리타작이 끝나면 동네 전체가 모심기에 집중한다. 시기를 놓치면 풍년을 기약할 수 없기에 어른이나 아이 할 것 없이 들판에 나온다. 끼니도 이곳에서 해결한다. 아이들은 잔심부름을 하거나 모내기하는 어른들을 위한 참을 나르는 데 힘을 보태고 어른들은 모내기에 전념했다. 논임자들은 서로 품앗이를 하고 일꾼들은 일당을 받았다.

모내기 일꾼 중에는 '돈내기'라는 것이 있었다. 서로 마음이 맞는 일꾼들이 한 팀을 이루는데 그들은 일한 만큼 돈을 받는다. 일반적인 모내기보다 품삯이 2배로 비싸다. 그만큼 노동의 강도가 세다는 의미다. 새벽녘의 별빛과 달빛 속에 사람들이 움직인다. 농사꾼들이 자신들의 오랜 경험과 감각에 의지하여 모판에서 모를 쪄낸다. 해가 떠오르기 시작하면 모내기를 시작한다. 이 작업은 해가 질 때까지 이어진다. 5~6월의 해넘이를 생각해보면 하루 16시간 이상의 중노동이었다. 농번기에 엄마는 항상 그렇게 살았다.

"그런데 더 벌려고 돈내기하는 거지 뭐. 안골 살 때 장목, 매동, 송진 등 장목면에 일하러 다녔다. 새벽에 일찍 일어나가 모 찌고, 춘자가 아침에 일찍 학교 가기 전에 밥해다 갖다주고 학교 가고 그랬다. 돈내기는 아침, 점심 다안 준다. 어떤 때는 점심 굶고 일하고 다안 했나. 하루에 한 마지기 돈내기 혼자서 한다. 아침에 모 다 쪄놓고 해야 모를 다 심거든. 하루에 다 심는다. 일찍, 새벽 4시쯤 나간다. 돈 많이 준다. 종일 모 심고, 돈내기는 곱으로 더 받았다. 날일은 하루 반나절 잡고 새벽에 깔다구가 뜯고, 몇 명이 어울려 가지고 했다. 혼자서 못 하지! 열 명이면 열 마지기를 하루 만에 다 한다. 돈내기는 자기가 하는 것에 따라 달라서 빨리 끝나기도 한다."

 엄마는 타는 속을 달랠 길 없어 마루에 앉아 소주 한잔하는 것도 동네 사람 눈치를 보아야 했다. 아비 없는 자식이라는 말을 듣지 않기 위해 자식들을 힘들게 키웠을 것이다. 먹고살기에 급급했던 그 시기 자식을 낳고 기른다는 것은 엄마에게 어떤 의미였을까? 그저 열심히 일해서 자식 먹여 살리고 공부시키는 것이 엄마의 철학이자 삶의 목표였으리라. 엄마는 반농반어촌의 마을에서 땅과 바다를 삶의 터전으로 삼아 부지런히 일했다. 지금은 수산물 가공 공장 등 생업을 이어갈 수 있는 여러 가지 방법들이 있으나 그때는 오직 자연에 기대어 살아갈 수밖에 없었다. 언제나 새벽 3~4시쯤 일어났다. 어두움이 가장 깊어지는 때다. 어둠이 깊은 만큼 빛도 강해진다. 칠흑 같은 어두움을 뚫고 삶을 이어가기 위한 희망의 불빛 속에서 힘겨운 몸을 움직이며 살아왔던 그녀의 모습이 어렴풋이 그려진다.

엄마는 나를 낳은 이튿날부터 품삯을 받으며 모내기를 했다. 초등학교 4학년이었던 둘째 언니는 엄마를 대신하여 동생들 챙기고 밥하고 빨래하고 집 안 청소를 하는 등 집안일을 도맡아 했다. 바쁜 엄마를 대신하여 나를 돌본 건 셋째 언니였다. 그때 8살이었던 언니는 젖먹이였던 나를 업고 신작로를 따라 높은 언덕을 넘고 휘어진 흙길을 걸어 엄마를 찾아다녔다. 학교는 엄두도 낼 수 없었다. 장기간 결석했다. 학교에 아이를 보내지 않자 담임 선생님이 집으로 찾아왔다. 하지만 모심기가 끝날 때까지 언니는 학교에 갈 수 없었다. 일손이 귀했던 때라 아이들이 부모를 돕는 것을 당연히 여겼다. 이때 농촌에는 농번기 방학이 있었다. 부모들의 일손을 돕기 위한 것이었다. 방학이라기보다는 아이들의 노동력을 최대한 활용하는 시기라고 보는 것이 맞을 것이다. 집안일을 돕느라 학교에 못 가거나 동생을 업고 학교에 오는 일이 종종 있었다. 지금 생각해보면 8살의 아이가 1살 난 갓난아이를 업고 10리 길을 다닌다는 것은 감히 상상이 되지 않는다. 언니는 논두렁에 찢어진 우산으로 그늘을 만들고 거기에 나를 눕혀 놓았다. 아이를 논두렁에 눕혀 놓으면 뱀이 아이의 입으로 들어가서 죽는다고 어른들이 말했다. 놀란 언니는 행여 뱀이 동생의 입으로 들어갈까 봐 화장실도

가지 못했다는 웃픈 사연이 있다.

 농번기 때면 친구들과 엄마 찾으러 다녔던 기억이 난다. 어른들이 드넓은 들판에서 모내기를 하고 있다. 발이 푹푹 빠지는 진흙이 가득한 논이다. 얕은 늪을 연상시킨다. 하얀 옷을 입은 사람들은 못줄을 따라 일렬로 서서 기계처럼 움직인다. 못줄을 잡은 두 사람 중 한 사람이 '넘어가요' 하면 못줄이 다음으로 이동하고, 순간 몇십 명의 사람들이 동시에 허리를 펴며 일어났다가 다시 허리를 숙이며 모를 심는다. 흡사 부지런한 개미들이 일렬로 무리 지어 다니며 먹이를 나르고 있는 것처럼 보인다. 이 행위는 질서정연하게 하루 종일 반복된다. 노동요가 곁들여진다. 저 멀리서 엄마가 보인다. 엄마를 부르며 뛰어가지만 소리를 듣지 못한 엄마는 모심기에 여념이 없었다. 논 주인이 새참도 주고 점심, 저녁도 준다. 농번기만 되면 친구들과 논두렁에서 밥을 먹었다. 어른들이 20명 일하면 딸린 아이들만 해도 40명은 되었다. 모두 함께 논두렁에서 밥을 먹었다. 인심이 후했던 농촌 마을이었다. 엄마는 자신의 밥을 한 숟가락 덜어 내 밥그릇에 쓱 담아주셨다.

"날일은 밥을 준다. 점심, 중참 이렇게. 날일은 정해져 있다. 기자가 니 키운다고 학교에 한 달은 안 갔다. 한 달 치면 보름을 학교에 안 갔다. 일하는데 점심 먹으러 3명이 오지. 염전에서 점심, 저녁을 다 얻어먹었다. 부모 욕심으로 너그가 점심이라도 얻어먹고 가면 내 마음이 편했다. 안 오면 하루 종일 마음이 아프고 그랬다."

어느 가을날이었다. 고구마 수확이 한창이었다. 황톳빛 흙 사이로 둥그렇고 실한 고구마가 호미의 힘에 못 이겨 땅 위로 밀려 올라왔다. 엄마의 손이 쉴 새 없이 움직인다. 엄마와 언니들은 고구마 파기에 여념이 없었다. 고구마 이파리를 걷으며 노래 부르고 빨간 고구마가 흙 위로 솟구칠 때 춤을 추던 언니들. 엄마에게 혼나도 이런 행위들을 멈추지 않았다. 가난했지만 흥이 가득했던 언니들. 고구마를 머리에 이고 함박웃음 웃으며 가파른 들길과 산길을 걸어오던 언니들이 떠오른다. 수확한 고구마가 겨우내 얼세라 천장까지 닿는 큰 박스를 큰방에 놓고 고구마를 쌓아 올렸다. 보리쌀을 조금 넣고 그 위에 고구마를 한가득 넣어 먹던 밥은 겨울 동안 우리의 주식이었다. 고구마는 겨울 새벽녘의 배고픔을 달래주던 간식이기도 했다.

"내가 먹는 것은 너그 배를 안 골랐다. 겨우내 집에 고구마 많이 쟁여 놓고 많이 삶아 먹었다. 남의 밭도 빌려가지고 고구마 심고 밀 심어서 여름에 수제비 해먹고. 방앗간에서 갈아서…. 고구마도 저 산에 심어 놓으면 고구마 줄기도 따 먹고. 밭을 서너 군데 빌려가지고 했지. 시골 봄 모내기. 여름에는 남의 밭 매고 살았다."

 엄마의 다섯 손가락 손마디는 모두 구부러지고 휘어 있다. 한평생 낫과 호미를 잡은 손이다. 한평생 자식들을 안았던 손이다. 엄마의 인생을 느끼게 하는 손이다. 인생의 훈장이다. 살기 위해 매달렸던 손이다. 낫으로 논두렁 밭두렁 풀을 베고 고춧대, 수숫대, 보리, 들깨, 참깨 등을 벴다. 호미로 고구마, 감자를 캐고 잡초를 뽑았다. 한평생 엄마와 우리를 지켜줬던 손이다. 엄마는 다른 사람에게 손을 보여주는 것을 부끄러워하신다. 고생한 흔적이 너무 드러나서 부끄럽다고 했다. 손을 윗옷 사이로 감추고 내놓지 않기도 한다. 하지만 엄마의 손은 그녀가 살아온 길을 한눈에 보여준다. 갈고리를 움직이며 땔감을 끌던 손, 흙먼지가 가라앉은 듯한 논에서 모내기를 하던 손, 차가운 겨울 바다를 누비던 손, 거친 태양 빛과 밭작물에 드리워진 그늘 사이를 오가던 손, 절구 방아로 곡식을 찧던 손, 자식들의 콧물과 눈물을 닦아주던 손이었다.

14. 이사와 함께 닥친 시련

내가 6살, 엄마가 41살 때, 객사를 나왔다. 아버지가 돌아가시고 5년 후다. 우리가 이 집을 나온 지 3년 후 이곳은 태풍으로 형체를 알아볼 수 없을 정도로 폐허가 되었다. 이곳을 나온 건 어쩌면 천운인지 모른다. 엄마는 날품팔이를 비롯하여 온갖 허드렛일을 다 하며 돈을 모아 집과 땅을 샀다. 밤이 되면 어두움에 주눅 들고 낮이 되면 산으로 가로막혔던 이전 집과는 달리 이사한 집은 동네가 훤히 내려다보였다. 남향으로 자리 잡고 있어 겨울에 햇볕이 잘 들어 따스했다. 뒤뜰에는 텃밭이 있었고 제법 큰 감나무도 있었다. 감나무에 올라가면 장목만이 훤히 보였다. 항구를 드나드는 고기잡이배를 비롯하여 여객선도 보였다. 장목의 명산인 제석산도 바로 옆에 있었다. 전깃불로 인해 집 안도 훤해졌다. 사람들은 이 동네를 '안골'이라고 불렀다. 동네의 가장 안쪽에 있어서 이렇게 불리기도 했고 가장 골짜기에 있어서 이렇게 불리기도 했다. 우리가 이사했을 때 10여 집에 사람이 살고 있었다. 지금은 다섯 집이 남아 있고, 그중 두 집에 사람이 살고 있다. 자식들은 고향을 떠나고 부모들은 세상을 떠났다. 그들이 떠난 자리에는 옛 추억과 흔적들이 남아 발길을 잡고 있다.

집과 함께 300여 평 되는 땅을 한꺼번에 구입하였다. 거제도에 올 때는 무일푼으로 빚을 떠안은 채 자식들을 업고 걸리며 쫓겨 오다시피 했었다. 얼마나 기쁘고 홀가분했을까? 만감이 교차했을 것이다. 이집은 나의 어린 시절뿐만 아니라 우리 가족의 삶이 가장 많이 배어 있는 곳이다. 이곳에서 우리 6남매는 성장했고 모두 결혼했다.

우리 집은 일자형의 위채와 마주 보는 아래채가 있었다. 위채에는 방 두 칸과 부엌이 있고, 아래채에는 방 한 칸과 창고가 있고, 뒷간도 있었다. 외따로이 떨어져 있던 이전 집과 달리 손만 내밀면 옆집이고 한 걸음만 걸으면 아랫집이고 눈만 들면 윗집이었다. 사람들 소리가 들렸다. 외톨이처럼 혼자서 지냈던 나는 친구가 생겼다. 새집이 어색했고 시끄러운 아이들 소리가 싫었다. 나는 큰방 봉창 문을 열고 바깥을 조심스레 쳐다보았다. 이런 나를 동네 아이들은 우리 집 삽짝에 서서 호기심 어린 눈으로 쳐다보았다. 모든 게 낯설고 두려웠다. 나와 달리 엄마는 초가지붕에 열린 박을 보며, 뒤뜰에 익어가는 감을 보며, 사람 소리 나는 주변을 보며, 인생에서 한고비를 넘겼다는 안도감을 느꼈을 것이다.

　이런 안도감도 잠시, 이사한 그해에 힘든 일을 겪었다. 누구는 새집에서 액땜하는 것이라고 했겠지만 엄마는 액운이 오는 것이라고 생각하며 닥친 위기를 헤쳐 나가야 했다.

집 뒤쪽 언덕에 사당이 있었다. 김해 김씨 조상의 위패를 모시는 곳이다. 사당은 동네를 내려다보는 높은 언덕에 위치해 있어 마을을 품에 안은 듯했다. 사당 위쪽으로는 밭들이 층계를 이루고 있다. 사당에서는 1년에 한 번씩 제를 지냈다. 그럴 때면 동네 전체가 들썩거렸고, 동네 아낙들이 동원되어 음식 만드는 일을 거들었다. 먹을 것이 귀했던 시절이라 아이들은 제보다는 젯밥에 관심이 많았다.

이곳은 동네 아이들의 놀이터이기도 했다. 비 오는 날이면 여기저기 나뒹굴고 있는 기왓장을 모아 돌로 정교하게 다듬어 사당 안에서 공기놀이를 했다. 사당 앞의 울창한 숲은 우리들의 숨바꼭질 장소였다. 엄마는 사당이 '저세상에 간 귀신들을 모아 놓는 곳'이라 귀신들이 사는 곳이니 가지 말라고 했다. 하지만 우린 아랑곳하지 않았다. 특히 비 오는 날이면 비를 피해 안전하게 놀 수 있는 곳이었다. 사당 안에는 1m 정도의 단을 만들어 위패를 모신 공간도 있었다. 천방지축이었던 우리는 들어가지 말아야 할 곳에 들어갔다. 단 위에 올라가 뛰어내리기도 하고 단 위에서 쿵쿵 뛰며 소리를 지르기도 했다. 그런데 넷째 언니가 단 위에서 뛰어내리다가 발을 잘못 디뎌 무릎이 바닥에 부딪쳤다. 무릎이 아프고 퉁퉁 붓기 시작했다. 나중에는 피고름이 나왔다. 우리는 귀신의 저주를 받았다며 두려워했다. 엄마는 아프다고 소리치며 걷지 못하는 언니를 업고 약방, 한약방을 뛰어다녔다. 무릎에 좋다는 들판의 온갖 식물들을 동원하며 치료에 전념했다. 하지만 나을 기미는 보이지 않고 더욱 악화되어 갔다. 먹고 살기에도 빠듯했던 살림살이에 도시의 큰 병원으로 데려갈 수도 없었다.

집 근처에 미국인이 운영하는 병원이 있어서 언니는 그곳에서 치료받게 되었다. 미국인 선교사들이 빈민구호와 선교를 목적으로 설립한 병원이었기에 병원비는 비싸지 않았다. 엄마는 아파서 우는 언니를 업고 며칠 밤을 새웠고 혼자서 많이 울기도 했다. 병원에서도 별다른 대책이 없다며 다리를 잘라야 한다고 했다. 끝까지 포기할 수 없었던 엄마는 민간요법에 의존했다. 함께 병실을 썼던 사람이 '뼈가 상했을 때는 고양이가 좋다'고 했다. 엄마에게 고양이는 딸을 살리는 희망이 되었다. 고양이를 수소문하기 시작했다. 당시 시골에서는 고양이를 많이 키웠다. 요즘처럼 고양이를 애완용으로 키우는 경우는 드물었고, 위생을 위해 쥐를 잡거나 집 안으로 들어온 뱀을 퇴치하기 위해 키웠다.

　지성이면 감천이라고 오래된 고양이가 있다는 소식을 접했고 오빠가 7천 원을 주고 샀다. 산과 들을 누비는 고양이였기에 잡기가 쉽지 않았다. 오빠와 친구들이 합심하여 몇 시간 씨름 끝에 고양이를 잡았다. 둘째 언니와 오빠가 고양이를 잡아 왔지만 너무 너무 무서웠다. 고양이가 갑자기 튀어나올까 봐 가마솥 뚜껑도 열지 못했다. 국물을 고아서 며칠 동안 먹은 언니는 거짓말 같게도 무릎에서 고름이 확 쏟아져 나왔다. 얼마 후 걸을 수 있게 되었다. 엄마는 천운이라며 기적이 일어났다고 했다.

"기숙 언니 아팠다. 옆 동네에 미국 사람이 하는 병원. 선교사. 밤새도록 아파서 잠을 못 잤다 아이가. 약을 발라도 안 됐다. 다리 잘라야 된다 하더라, 간호사들이. 부산에 부산대학병원에 가라고 했다. 새길호 타고 부산 가야했다. 자꾸 가라 하는데 말 답도 안 하고 바보가 되어 있었다 아이가. 내 혼자 엄두도 안 나고. 혼자서 어디로 갈지도 모르겠고…. 한 사나흘 후 미국에서 의사가 와서 괜찮다고 하더라. 고양이를 오빠가 황포 친구들한테 7천 원인가 주고 샀다. 작은방에 까만 가마솥에 넣어서 새까맣게 태워 가지고 왔더라. 식당에서 3번 고우니 뽀얀 물이 나오더라. 고양이가 부스럼 나고 곪고 이런 데 좋다 하더라. 피부가 부르키고 이런 데 좋다 하더라. 스덴 통이 지금도 있다. 사탕을 먹이고 '이거 마시면 사탕 주께' 하고. 다리가 짚동같이 붓고 누런 물이 나오고…. 내가 업고 치료실 댕기면서 매일 울고…. 저녁으로 애리다고 울고 엄마 아파 죽겠다 하고…. 고름 덩어리가 나오더라. 뼈가 하얗게 보이더라. 한 달 있었다. 그때 딱해가꼬. 먹을게 없어서 병원에 있을 때, 김치 얻고 보리쌀 사고. 다 나가고 우리만 있었다. 입원실에. 연탄을 땠다. 연탄이 꺼져서 나무로 살랐다. 혼자 놓아두고 산에 나무하러 가서 살리고…. 핏덩어리가 빠지더라. 고양이와 언니가 합이 맞았다. 주사 쇼크가 와가지고 눈이 똥그랗게 해가지고 엄마나 죽겠다고 하고…. 죽겠더라고. 죽었으면 만날 가슴속에 쌓여 있지 죽도록까지…. 내 인생이 왜 이런가 싶어서 신세 한탄도 많이 하고 그랬다."

15. 낯선 것을
잘 받아들이는 분

 70여 평 되는 집과 300평의 밭은 엄마의 공간이었다. 세상에 태어나서 처음 가져보는 자신의 재산이었다. 주변에 해가 되지 않는 것이라면 무엇이라도 할 수 있었다. 자급자족할 수 있는 터였다. 마당에 닭을 키워 계란을 얻었고 개와 고양이를 길렀다. 텃밭에 채소를 키웠다. 밭에는 밀, 보리, 고구마, 배추, 무, 고추를 심었다. 밀을 심어 손칼국수를 해 먹고 술빵을 쪘다. 보리를 심어 식량으로 삼았다. 길고 너른 밭을 보며 세상 무엇도 부럽지 않았을 것이다.

 소금을 절약하기 위해 김장배추는 리어카에 실어

바닷물에 씻었다. 시루떡은 시루에 쪘다. 산에 덫을 놓아 꿩을 손수 잡았다. 추석 명절이 되면 밭에 심은 호박으로 호박전을 한가득 해서 명절 음식을 대신했다. 들어오는 돈은 그녀의 주머니에서 나가는 법이 없었다. 빌린 돈은 철저히 갚았다. 산에서 나무도 하고 마당에 갈비(땔감)를 몇 단씩 쌓아 놓았다. 자식들은 겨울 방학이 되면 동네 친구들과 어울려 나무를 하러 다녔다. 남자아이들은 지게에 지고 여자아이들은 머리에 이고 왔다. 때론 서로 협업하여 장작을 가지고 오기도 했다.

 지붕은 볏짚으로 덮었다. 벼를 수확하고 난 뒤 남는 벼의 이파리와 줄기를 볏짚이라 했다. 볏짚은 한겨울 내내 논에 지천으로 널려있어 구하기 쉬웠다. 마름(이엉)으로 짚을 엮어서 초가지붕을 바꾸었다. 이것도 엄마의 몫이었다. 여름이 되면 빛바랜 초가지붕이 녹색으로 뒤덮인다. 노랗고 하얀 꽃이 피어난다. 둥그스름한 호박과 박이 열린다. 초가지붕은 인간을 추위와 더위로부터 안전하게 보호해주는 동시에 열매들의 터가 되었다.

언젠가부터 초가지붕은 슬레이트 지붕으로 바뀌었
다. 지붕들이 형형색색의 옷으로 갈아입었다. 지붕
에서 열매들이 사라졌다. 그 대신 고구마, 무, 고추,
호박 등을 말리는 자연 건조장이 되었다. 새마을 운
동으로 지붕 개량 사업이 진행되면서 벌어진 일이
다. 엄마는 더 이상 지붕을 교체하러 올라가지 않았
고 짚을 운반하는 수고스러움도 덜게 되었다. 지붕
개량뿐만 아니라 빨래터, 우물, 하천길 정비 등에 마
을 사람들이 동원되었다. 여자들은 대야를 머리에 이
고 남자들은 삽과 괭이를 들었다. 한 집에 한 사람씩
강제로 동원되었다. 바쁜 와중에도 대야를 이고 동네
길을 오가는 엄마의 발걸음과 뒷모습이 생각난다.

엄마는 낯선 것에 대한 경계가 없었다. 처음 보는
사람도 생전 처음 먹어보는 음식도 잘 받아들였다.
어릴 때 이국땅으로 건너가 외국 사람들과 어울려
살아서인지, 재혼한 외할머니를 따라간 집에서 적응
하기 위해 애를 쓴 덕분인지, 어린 나이에 단 한 번
본 남자와 결혼하고 아는 사람 하나 없는 동네에 시

집가서 적응하고 산 덕분인지, 산 설고 물선 곳에서 살아남기 위한 본능적인 선택인지 알 수 없다. 그냥 모든 것을 받아들이고 인정하는 유연함이 있었다.

우리 마을은 면 소재지였다. 생필품을 파는 가게, 문구점이나 과자점 등은 있었다. 하지만 화장품이나 장식품, 옷 등 여성들이 쓰는 물건과 관련된 가게는 없었다. 방물장수들이 이런 물건을 팔러 다녔다. 그들은 화장품과 장식품, 바느질 도구 및 패물에 이르기까지 다양한 물건을 보퉁이에 싸서 머리에 이고 여기저기 돌아다니며 장사를 하였다. 외부와 소통하기 힘들었던 시절, 물건 파는 것 외에도 여염집 여성들에게 세상 물정이나 저간의 사정 등을 알려주거나 필요한 물건을 사다 주는 역할도 했다.

방물장수는 1년에 봄·가을 두 번 우리 집에 꼭 들렀다. 엄마는 처음 보는 사람인데도 경계심을 가지지 않고 선뜻 재워주고 먹여주었다. 말 많고 탈 많은 동네 사람들보다는 한 번씩 다녀가는 사람이 엄마에게는 더 편했는지 모른다. 세상사도 알고 싶고 말 나지 않을 사람에게 신세 한탄도 하고 싶었을 것이다. 어떤 것에도 얽매이지 않고 전국을 떠돌아다니는 그녀가 부러웠을 수도 있다. 엄마는 그들을 반갑게 맞아주었고 기다리기까지 했다. 서로에 대한 동병상련의 마음은 아니었을는지.

집 근처에 피난민들이 살았는데 이들과도 잘 지냈다. 길가에 다섯 채의 집들이 나란히 있었다. 김장하면 김장도 주고 먹을 것이 있으면 나누어 먹었다. 엄마는 한 번도 먹어보지 못한 음식도 잘 먹었다. 넷째 언니가 고등학교 다닐 때 노란 가루를 가지고 왔다. 인도 사람들이 즐겨 먹는 카레 가루라고 했다. 처음 먹는 음식인데도 맛있다며 너무 잘 드셨다. 그 이후 엄마는 가끔씩 자식들에게 카레를 만들어주셨다.

환갑을 넘긴 엄마와 함께 호주 여행을 간 적이 있다. 조식 뷔페를 먹었는데 서양식 위주로 나왔다. 음식을 쟁반 한가득 담아서 남김없이 깨끗하게 드셨다. 김치만 그리워하고 있는 나와 달리 처음 먹는 음식들을 아무런 거리낌 없이 너무 잘 드시고 씩씩하게 다니셨다.

"응 경로당, 서구집. 아줌마들이 경로당에서 많이 자고 갔다. 내 혼자 있어서 편했것지. 대구 옷 장사, 또 할매 하나. 밥값을 받았는지 무얼 받았는지 인자 모르것다. 옛날에는 이런 가게들이 없었다. 일 년에 한두 번은 왔다. 매년 오는 사람들이 왔지. 도꾸이(단골)가 있었다. 할매들이, 어맘들이 좋더라. 오면 밤새도록 이야기하고…. 언젠가부터 그냥 마, 안 오더라. 피난민의 집이 5개 정도 길가에 붙어 있었다. 그 사람들은 이북에서 왔다."

16. 자식들에게
평생 미안한 마음으로 살다

아버지가 돌아가신 지 벌써 55년째다. 미움과 원망의 대상이었던 남편. 흐려져 가는 기억 속에서 엄마는 지금 아버지를 원망하지 않는다. 이 좋은 세상에 좋은 옷 한번 못 입어보고, 좋은 음식 한번 못 먹어보고, 눈에 넣어도 아프지 않을 손주도 안아보지 못하고 고생만 하다가 죽은 아버지가 불쌍하다고 하셨다.

"요시는 사람이 죽어가지고 이승에 딱 한 번 오면 좋겠다는 생각이 든다. 너그 아버지가 저승에서 와서 지금 우리 사는 모습을 한번 보여주고 싶다는 생각이 든다. 딸들도 그대로 살고 손자, 외손자도 보고 며느리도 보고. 구신이 와서 안 보고 갔것나. 죽은 영감이 불쌍하다. 좋은 세상 못 보고…. 사람들이 남편 욕 하믄 '죽은 사람 만다 욕 하노. 나는 절대 죽은 사람 욕 안 한다. 죽었는데' 그거 지 팔잔데…. 너그 아버지하고 인연이 아니다."

엄마는 자식들에게 평생 미안한 마음을 가지고 사신다. 자식들이 잘생기고 똑똑했는데 자신이 능력이 없어서 공부도 제대로 시키지 못하고 고생만 시켰다는 죄책감을 가지고 있다. 특히 오빠, 첫째 언니, 둘째 언니에 대한 미안함은 평생의 한으로 가슴속에 항상 두고 사신다.

첫째 언니는 외갓집에서 자랐다. 어려운 형편에 자식 여섯을 키울 수 없었던 엄마는 큰언니를 외갓집으로 보낼 수밖에 없었다. 언니는 엄마와 헤어져 살아야 한다는 것을 직감해서인지 어렸을 때부터 유독 엄마와 떨어지기 싫어했다. 재혼한 외할머니를 따라가 눈치 보며 살았던 엄마의 입장에서는 첫째 언니 마음이 충분히 헤아려졌을 것이다. 어쩌다 엄마가 친정에 가면 큰언니는 반갑고 서러운 마음에 엉엉 울었다. 떠나는 엄마를 따라 문산 고개까지 배웅하며 울었고 떨어지지 않으려 매달렸다. 넘어져 무릎에 생채기가 생기기도 했다. 뒤돌아보지 않고 가는 엄마가 원망스러웠을 것이다. 헤어지기 싫어 울며 뒤따라오는 딸을 외면하는 엄마의 심정은 오죽했을까?

큰언니와 나는 14살 차이가 난다. 언니는 부산에서 직장 생활을 했다. 함께 살지 않았기 때문에 가끔 집에 오는 언니가 왠지 낯설었다. 명절이면 선물꾸러미를 들고 왔다. 언니가 사준 빨간 땡땡이 원피스는 아직도 기억한다. 언니는 장남과 결혼해 집안 대소사를 챙기며 젊었을 때 시댁에 많은 공을 들이며 살았다. 자식 셋을 낳았다. 아이들도 그럭저럭 잘 자라 주었다. 첫째 언니는 70세를 바라보는 나이인데도 나보다 힘도 세고 건강하다. 생활력이 강하고 부지런한 언니는 여유로운 삶을 살아도 되는데 지금도 일을 놓지 않고 있다. 자식들에게 짐 되지 않고 뭐든지 해야 한다는 생각이 강하다. 엄마를 닮았다.

"거제도에 살다가 초등학교 2학년 때 외갓집에 갔다(첫째 언니). 울지도 못하고. 가난한 것이 표가 확 났다. 내가 너그 큰언니한테 부모 짓 한 게 없다. 매일 잘난 애미 생각해서 울고. 외갓집 왔다 가면 저 먼데 이까지 언덕에서 쳐다보고 있다가 내가 안 보일 때까지 쳐다보고 울고. 엄마 따라갈 끼라고 뛰어오다가 넘어져서 무릎에 피가 다 나고…. 그걸 생각하면 너그 언니 너무 불쌍타. 지금 가만히 앉아 있으면 어떤 때는 눈물이 다 난다."

엄마는 한평생 오빠 내외와 살았다. 지금도 함께 살고 있다. 아버지가 돌아가신 후 미성년자였던 오빠는 집안의 호주(戶主)가 되었다. 동생이 다섯 있었다. 공부도 잘하고 똑똑했던 오빠는 가족의 생계를 위해 어린 나이에 부산 친척 집에서 운영하는 서점 일을 거들며 공부했다. 집안이 워낙 가난했고 큰오빠 역할을 해야 했기에 자신의 꿈도 내려놓아야 했다. 20대 초반에 고향으로 돌아와 책방을 열었다. 학생 수가 많았던 면 소재지 서점은 장사가 잘되었다. 특히 새로운 학기가 시작되는 봄이나 가을이면 학생들로 문전성시를 이루며 정신없이 바빴다. 하지만 이것도 잠시, 태풍에 바닷물이 밀려와 서점이 몇 번 물에 잠기기도 하고, 학교에 납품한 책값이 수금되지 않으면서 사업이 점차 힘들어졌다. 손재주가 있던 올케 언니가 양장점을 해서 돈을 벌었다. 개조개 사업으로 돈을 많이 벌었던 동네 사람들은 기성복보다는 맞춤옷을 선호했다. 언니는 단골들을 많이 확보했고 수입도 제법 쏠쏠했다. 오빠는 가부장 사회에서 가족의 생계를 책임지지 못한다는 죄책감으로 힘들어했다. 사람 좋던 오빠도 세월의 풍파를 겪으며 변해갔다. 서점 일을 내려놓고 농사꾼이 되었다.

엄마는 오빠 내외와 40여 년을 함께 살고 있다. 손자·손녀 3명을 키웠다. 손주들을 키우면서 농사도

짓고 틈만 나면 바다로 들로 일하러 다녔다. 평생 손에서 일을 놓지 않으셨다. 손주들이 유치원에 갈 때쯤 엄마는 집 근처 수산공장에 가서 굴도 까고 통조림도 만들고, 굴 양식장에도 다녔다. 오빠가 서점을 그만두고 느지막이 농사를 짓는다고 했을 때 말리지 않았다. 아들이 사업하면서 힘들어하는 것을 많이 보았기 때문이다. 엄마는 하루 종일 아들과 논에 서 있었다. 유자차도 만들고 생강차도 만들어서 팔았다. 구순이 된 지금도 철철이 농사를 지으신다.

 집 근처 텃밭에는 엄마의 사랑과 정성이 들어간 채소들이 자라고 있다. 맛있는 김치, 참기름과 콩가루, 채소들이 명절이면 줄을 서 있다. 엄마가 자식들에게 주는 선물이다. 우리는 엄마의 사랑으로 자랐다. 하지만 엄마는 부모로서 잘한 게 없다고, 내 평생 자식한테 짐 되고 싶지 않다며 구순이 된 지금도 일을 놓지 않으신다. 또 올케언니는 친정집이 잘살았는데 없는 집에 시집와서 고생시켜서 미안하다고, 오빠와 언니 사이에 갈등이 생기면 항상 며느리 편에 서신다. 엄마는 며느리와 긴 세월을 살면서 소소한 갈등은 있었으나 큰 소리로 싸워본 적은 없다고 했다. 몇 년 전에는 며느리와 잘 지낸다고 시에서 상도 받았다고 자랑스러워하신다.

"너그 오빠 어렸을 때 착했다. 공부도 잘하고. 부모를 잘 못 만나가꼬…. 어떤 때는 너그 오빠한테 밥을 주놓고 쳐다본다. 경로당에서 **는 부모 잘 만나서 국회의원, 경찰서장도 했는데 우리 아들이 공부도 잘했는데, 부모 못 만나서 저리 만날 땅만 판다고. 너그 오빠도 불쌍타. 책 장사해서 빚지고 죽을 고생을 했다. 너그 언니가 옷 해서 너그 오빠 빚 갚아 준다고 예사 욕을 안 봤나. 그 노무 세상, 화병 안 나고 아이들 안 빗나가고 산 것만 해도 고맙다. 너그 언니도 없는 집에 와서 고생 많이 하고. 일이 고생이 아니라 마음이 고생이제. 이날 이때까지 며느리랑 같이 살아도 삽짝 밖으로 큰 소리가 난 적 없다. 잘 지냈다. 시에서 며느리하고 잘 지낸다고 상도 주고. 지금은 너그 오빠도 괜찮다. 이 정도 하면 되지 뭐."

딸들 중에 둘째 언니가 엄마와 가장 오래 살았다. 서로를 가장 잘 알고 있고 친밀감도 남다르다. 딸들 중 속내를 가장 잘 터놓고 이야기할 수 있는 사이다. 이런 연유로 때로는 서로 갈등하기도 하고 반목할 때도 있지만 화해도 잘한다. 큰언니의 부재는 둘째 언니가 메웠다. 엄마가 새벽에 일하러 가면 언니가 집안일을 다 했다. 밥하고 빨래하고 동생들 챙기는 일을 도맡아 했다. 아버지 아프고 힘들 때 옆에서 아버지 수발도 들었다. 아버지의 힘든 모습을 가장 많이 본 딸이다. 아버지가 아끼던 딸이기도 했다. 아버지의 죽음을 옆에서 직접 보며 서러움을 삼켜야 했던 언니는 그래서인지 눈물이 많다. 아픔을 많이 겪었기에 가슴속에 숨겨지거나 응어리진 슬픔도 많으리라. 엄마는 큰딸을 대신하여 큰딸 역할을 하며 가난 때문에 희생해야 했던 둘째 언니에게 미안한 마음을 가지고 계신다.

"춘자한테 미안코 너무 불쌍타. 공부도 못 시키고 그게 한이다. 경로당에 있을 적에 아버지 죽을 적에. 춘자한테 고함도 지르고…. 오빠하고 서점 할 때 너그 오빠한테 구박당하고…. 내가 춘자한테 할 말이 없다. 미안타. 내가 도시에 살았으믄 공장이라도 가서 공부시켰을 낀데. 춘자가 너무 한이 돼서…. 춘자가 제일 힘든 거 많이 봤다. 너무 했다. 사는 것도 그렇고."

17. 엄마의 미안함은
계속된다

　가난한 삶 속에서도 자식들은 구김살 없이 자랐다. 집안 환경에 기죽지 않았다. 서로 의도 좋았고 친구들과도 잘 지냈다. 학교에서 간부도 했다. 시골 학교였지만 치맛바람이 어마어마했다. 운동회나 소풍 등 학교 행사 때는 학부모들이 선생님들 도시락을 챙겼다. 과외가 불법인 시절이었지만 선생들은 방과 후 몰래 과외도 했다. 일하느라 다른 것에 신경 쓸 겨를이 없었던 엄마였지만 소문을 통해 이런 것들을 알고 있었다. 먹고살기에 바빠서 운동회나 소풍날 이외에는 학교에 오신 적이 없다. 초등학교 때 반장도 하고 공부도 제법 잘했던 나는 졸업식 때 상을 받지 못했다. 상을 받지 못했던 나는 대성통곡했다. 친구들은 학교를 떠나는 게 서운해서 운다고 했지만 그게 아니었다. 상을 받지 못한 서러움이었다. 엄마도 많이 서운해하고 미안해했다. 상을 받지 못한 건 엄마 탓이라고 했다.

"어떤 때는 딸들이 인물도 좋고 공부도 잘했는데…. 아이고 부모를 잘못 만나가지고 저러는가 싶기도 하고 참 미안타. 너무 불쌍타. 동네 사람들이 저 집 자슥들이 뭘 먹여서 저리 얼굴이 하얗게 좋노, 도시 아아들 같다. 학교 가도 너그는 안 돌렸다(따돌림당하지 않았다). 간부도 하나를 써도 쓰지. 절대 기 안 죽고. 니가 개근상만 탔다. 많이 울었다. 치맛바람이지. 선생한테 반찬, 돈, 해산물 다 주고 치맛바람이 셌다."

 하지만 엄마는 지금까지 살아온 삶이 그냥 팔자라고 생각한다. 힘들게 살아온 인생을 돌아보며 남 탓

하지 않는다. 그냥 팔자라고 받아들인다. 지금의 삶에 만족한다. 그저 자식들이 무탈하기를 바란다.

"그것도 내 팔자다. 넘 나무랄 것도 없고, 그것도 내 복이다. 나는 원래 부모 복도 없고 신랑 복도 없고…. 딸내들도 그렇고 너그 오빠도 그렇고 며느리, 사우 잘 봤으니 됐다. 사람들이 내한테 고생한 보람이 있다 하고 딸내들이 많아서 좋다고 그런다. 지금 보면 내보다 못한 사람들 꽉 찼다. 동네 사람들이 그런다. 며느리하고 살아서 좋다 하고. 내가 그래 허리는 구부러져도 다니는 것을 잘 다니거든. 사람들이 며느리가 때를 잘 맞추어서 챙겨주고 해서 건강하다고 그란다. 별시리 바랄 수가 있나. 이 정도면 잘한다. 내가 오래 살아도 내 앞에 험한 꼴만 안 보면 된다. 그것이 소원이다. 너그 다 착하게 커서 좋다. 너그 오빠 말마따나 6남매 훌륭하게 키워줘서 고맙다고 하더라 아이가. 그게 너그 오빠의 본마음이다."

살기 바빠 자식들을 돌보기 힘든 엄마를 대신하여 언니들이 엄마의 부재를 메웠다. 가난했지만 기죽지 않았다. 이웃집 아이들이 동생을 때리면 끝까지 따라가 앙갚음을 했다. 동생을 놀리고 때린 후 도망가는 아이를 따라가 물이 가득한 논에 던져버렸고, 끝까지 사과를 받아냈다. 이웃집 어른들은 우리를 보며 형제자매가 없는 사람은 서러워서 못 살겠다고 했다. 오빠와 딸들 모두 인물도 좋고 영리했다. 운동도 잘했다. 운동회 때 상을 못 받아 오면 엄마에게 혼났다. 내가 초등학교 5학년 운동회 때 상을 못 받아 온 적이 있었다. 엄마가 언니들은 상을 다 받아 왔는데 상을 못 받아 온 것은 내가 처음이라며 구박했다.

우리 식구끼리는 똘똘 뭉쳐서 서로 도우며 살았다. 언니들이 나를 많이 챙겼다. 세수도 시키고 더러워진 옷과 운동화를 빨고, 기름기가 좔좔 흐르고 흙먼지에 뭉쳐진 머리를 감겨주었다. 아픈 동생을 위해 좋은 음식을 구해 먹이고 신선한 채소와 싱싱한 생선을 담아 부산과 거제를 왕래하며 몇 년 동안 돌봐 주었다. 우리 자매들은 자주 만난다. 지금도 친하고 잘 뭉친다. 연말연시에 만나서 일출을 함께 보고 새해 첫날 밥을 먹는 것은 연례적인 행사가 되었다. 엄마가 계시기에 가능한 일이다.

마치며

 엄마에게 삶이란 무엇이었을까? 엄마에겐 자식을 위한 삶이 곧 자신의 삶이었다.

 어린 나이에 결혼하여 그것이 자기의 운명이라 여기며 살아왔다. 젊은 나이에 남편을 잃고 자식 여섯을 품에 안았다. 세상의 풍파를 감당하며 자식들을 안고 온몸으로 버텨냈다. 살기 위해. 때론 절망하기도 하고 때론 희망하기도 하며. 60여 년 전 엄마는 아이 셋을 데리고 바다를 건넜다. 아이 셋을 데리고 삶의 희망을 품고 온 길, 이웃에게 인사도 하지 못하고 쫓기듯이 온 길, 살기 위해 온 바닷길이었다. 바닷길은 엄마가 걸어오신 세월의 길이기도 했다. 하지만 감히 상상할 수 없는 심연의 길이기도 하다. 한평생 자식을 위해 살아오신 엄마의 길. 어떤 곳에서는 편안한 의자가 있었을 것이고, 어떤 곳에서는 허허벌판에 비바람이 몰아쳤을 것이다. 내리쬐는 뙤약

볕에 몸을 피하느라 나뭇가지에 붙은 한 가닥의 나뭇잎에 몸을 맡겨야 했을 것이고, 혹한기의 추위를 매서운 바닷바람과 함께했을 것이다.

　그 시절 엄마들에게 자식을 위한 희생은 의무였다. 엄마로서의 삶만 있었다. 나도 엄마로서 엄마를 보았다. 자식을 위해 사는 엄마만 생각했다. 엄마도 자신의 삶에서 자식이 전부였다. 왠지 마음이 얼얼하고 먹먹하다.

"내가 자식들을 다 버리고 나만 잘 살자고 갔으면 내가 눈 감기 전에 '아이고 이 새끼들 어디 가서 고생하는고' 했을 기다. 너그가 눈에 밟혀서 못 살았을 기다. 잘 살아줘서 고맙고 감사하다. 그 세월도 꿈만 같다. 우찌 지나왔는지…. 너그를 이리 보는 기 내가 살아온 공덕 아니것나. 너그 건강하고 잘 살믄 된다."

| 어머니의 목소리 |

어머니의 목소리를 들어보세요.

▲ QR코드를 스캔하면 어머니의 구술 내용을
들을 수 있습니다.

| 어머니의 모습 |

138 환갑 막내딸이 쓰는

140 환갑 막내딸이 쓰는

146 환갑 막내딸이 쓰는

존경하고 사랑합니다.

환갑 막내딸이 쓰는 구순 엄마 이야기

초판 1쇄 발행 2024년 5월 1일

글쓴이 이수금, 정경숙
펴낸이 김영미
디자인 김영미
교정·교열 김혜원
펴낸곳 21세기 여성
출판등록 제2019-000011호
이메일 femme21c@naver.com
홈페이지 21cwoman.kr
인스타그램 @21c_woman
ISBN 979-11-967046-6-7 03800